Hayykitap - 376
Edebiyat - 28

İçin Rahat Olsun
Murat Avcı

Hayykitap Edebiyat Yayın Yönetmeni: Caner Yaman
Kapak ve Sayfa Tasarımı: Turgut Kasay

ISBN: 978-605-9841-81-8
1. Baskı: İstanbul, Ocak 2017
2. Baskı: İstanbul, Nisan 2017

Baskı: Yıkılmazlar Basım Yay.
Prom. ve Kağıt San. Tic. Ltd. Şti.
Evren Mah. Gülbahar Cad. No: 62/C
Güneşli - İstanbul
Sertifika No: 11965
Tel: 0212 630 64 73

Hayykitap
Zeytinoğlu Cad. Şehit Erdoğan İban Sk.
No: 36 Akatlar, Beşiktaş 34335 İstanbul
Tel: 0212 352 00 50 Faks: 0212 352 00 51
info@hayykitap.com
www.hayykitap.com
facebook.com/hayykitap
twitter.com/hayykitap
instagram.com/hayykitap
Sertifika No: 12408

İçin Rahat Olsun

Murat Avcı

Sabırsız olmak yerine, dua edip sabretmeyi öğrendiğimden beri huzurluyum.

Hayatım boyunca hep acele ettim ama sonunda gördüm ki acele edince olmuyor hiçbir şey. Mesele acele etmekte değil, mesele hayırlısının olmasında bunu anladım. Ne zaman bir şey için acele etsem hep bir şeyler eksik oldu. Anladım ki benim ne istediğimin bir önemi yok. İstediğin kadar uğraş ne bir saniye önce ne de bir saniye sonra, tam zamanı gelince oluyor olması gereken. Ne senin istediğin gibi, ne de bir başkasının istediği gibi. Allah nasıl nasip ettiyse öyle oluyor.

Ne kadar sıkıntım olursa olsun, başıma ne gelirse gelsin sabretmeyi öğrendim. Çünkü ne yaşarsam yaşayayım bunun bir sebebi var. Rabbim beni sınava tabi tutuyor, bunu anlıyorum. En sıkıntılı anlarımda bile şikâyetçi olmak yerine şükrediyorum. En sıkıntılı anlarımda acele etmek yerine dua edip sabrediyorum. Biliyorum ki Rabbim sabredenlerle beraberdir, biliyorum ki Rabbim sabredenleri çok sever. Ve biliyorum ki Rabbim dert verdiği kuluna dermanı da vermiştir.

Her şey sabır, dua ve inanmaktan geçiyor.

İstediğin kadar sıkıntın olsun istediğin kadar zor durumda ol, istediğin kadar bulunduğun duruma imkânsız de, hiçbir şey imkânsız değildir. Yeri göğü yaratan Rabbim imkânsız olana imkân, çaresiz olana çare verendir. Ol demesiyle imkânsızı olduran Allah'a inancın tamsa eğer, emin ol hiçbir şey senin için imkânsız değildir.

Bir sıkıntım var diyorsun. Dua ediyorsun, sabrediyorsun ama hâlâ sıkıntın geçmiyor. Sen "dua da ettim, yeterince de sabrettim ama hâlâ sıkıntılarım geçmedi" diye isyan etme sakın. Her şeyin bir zamanı vardır. Allah neyin ne zaman olması gerektiğini en iyi bilendir. Belki biraz daha beklemen gerekiyordur, belki henüz zamanı gelmemiştir. Sabretmekten vazgeçme hiçbir zaman. Kalbini temiz tut, kalpten dua et. Allah senin dualarını hiç şüphesiz ki duyuyor. Rabbim sıkıntıyı sevdiği kullarına verir, öyle olmasaydı peygamberlerimiz onca sıkıntılı sınavlardan geçmezdi. Sıkıntılı anlarımızda sabredip sıkıntılarımızdan kurtulmak için

Allah'a seslenirsek ancak o zaman huzuru bulabiliriz buna emin ol.

Bu dünya sınav dünyası, biz bu dünyaya ebedi süre için gelmedik, burada kiracıyız, burada öğrenciyiz. Burada Rabbim bizi her türlü sınava tabi tutacak. Bu sınavlardan geçersek eğer ebedi evimiz olan ahirette rahat edeceğiz. Bu dünyada her türlü sınavı görebiliriz. Bir yakınımız veya kendimiz bir hastalığa kapılabiliriz mesela. İsyan etme buna. Tüm kalbinle yüreğinden isteyerek aç ellerini, Rabbine dua et. Derdi veren dermanı da verir. Çare bulmak istiyorsan Allah'tan istemelisin, bunu öğrendim ben.

Hayatına yanlış insanlar da girebilir. Bunun için de isyan etme sakın. Hayatına giren her insanın senin için bir önemi mutlaka vardır. Bazıları senin akıllanmanı, yanlışı doğruyu ayırt etmeni sağlamak için girerler. Çünkü sana öyle şeyler yaşatırlar ki aynı hataları bir daha yapmayacağım diye ders alırsın. O insanın senin karşına çıkmasının bir nedeni vardır. Kimileri senin daha fazla tecrübe kazanman için karşına çıkar. Bazıları senin güvenini boşa harcar, bazıları senin verdiğin değeri boşa çıkarır. Bazıları ise senin sevgini hak etmediğini gösterir. Sabırlı ol. Hepsinin bir nedeni vardır. Ne kadar kötü şeyler yaşasan da yaşadığın kötü günlerin sonu huzurdur. Sadece sabretmeyi öğrenmelisin.

Yüreğinden ettiğin o güzel dualarının, o güzel kalbinin er ya da geç mükafatını alacağından hiç şüphen olmasın.

Şunu unutma ki, gerçekten inanarak dua edip Rabbinden bir şeyi tüm kalbinle istersen, o şey gelip seni bulur, buna inan. Ve bundan sonra ne için dua ediyorsan sabırlı bir şekilde bekle. İsteyen istediği kadar engel olmaya çalışsın, isteyen istediği kadar kötülüğünü düşünsün senin, eğer Allah sana bir şeyi nasip edecekse tüm dünya bir araya gelse buna engel olamaz. Ben ne zaman bir şey istesem, acele etmek yerine sabrederim önce. Eğer olmuyorsa benim için hayırlı olmadığını düşünürüm. Çünkü Allah her duayı kabul etmez. Çünkü her istediğimiz şeyin hayırlı olduğunu bilemeyiz. Rabbim hayırlıysa nasip et dememiz de bu yüzdendir çünkü O bizim için en iyiyi, en doğruyu bilendir.

Söylediklerimi unutma sakın. Sabır her şeyin başıdır. Sen gönlünden dua et ve sabırla bekle. Zamanı gelince, Rabbi'ne ettiğin duan seni bulur merak etme.

Ya Rabbim,
bizi, isyanı sabırla kıranlardan eyle!

Herkese değer vermemeyi öğrendim ben.

Baktım ki verdiğim değer boşa gidiyor, bıraktım herkese değer vermeyi. İyice emin olmadan harcamıyorum içimdekileri. Önce bakıyorum karşımdakine, verdiğim değeri gerçekten hak ediyor mu? Baktım ki etmiyor, yol yakınken değer vermeyi kesiyorum.

Herkesin çok değer verip pişman olduğu birileri mutlaka vardır. Çünkü bazı insanlar değer verdiğine vereceğine pişman ederler seni. Adı üstünde, değer değerli olana verilir. Nasıl emin olabiliriz peki bir insanın değerli olup olmadığından? Emin olamayız belki ama hissedebiliriz. Bazen yanılsak da hislerimiz bize bir çok şeyi anlamamız için yardımcı olur aslında. Karşında öyle bir insan vardır ki, hissedersin onun gözlerine bakınca bir çok şeyi. Sıcaklık gelir içine, huzur gelir. Ona bakınca, onun yanında olunca huzurlu hissedersin kendini. Hep yanımda olsun istersin iyi hissettirdiği için. Sonra bir gün bir şey olur ve artık yavaş yavaş o insanın gerçek yüzünü görmeye başlarsın. Ve o güzel hislerin bir anda kaybolur. Yanıldığını anlarsın ve üzülürsün. Doğru insanı bir çırpıda bulmak hiçbir zaman kolay değildir çünkü.

Değer vereceksin, hissedeceksin, yaşayacaksın ve göreceksin.

Yaşamadan kesinlikle bilemezsin. Birilerine değer vereceğiz ve göreceğiz zamanla verdiğimiz değeri hak edip etmediğini. Hayatın kuralı bu. Hiç kimsenin kalbinde olanlar alnında yazmıyor. Değer verdiğimiz bir insan bizi yanılttığında hayal kırıklığına uğrattığında yıkılıyoruz. "Ben bunca zaman değer verdim ve karşılığında bunu mu hak ettim?" diyoruz. Sonra ne mi oluyor? Sonra hiç kimseye değer vermemeye başlıyoruz ve içimize kapanıyoruz. Daha önce birine tanıdığımız şansı bir başkasına kolay kolay tanımıyoruz çünkü bir kez daha kırılmaktan, yanılmaktan korkuyoruz. Tabi bu sırada belki de bizim için gerçekten hayırlı olanları atlamış oluyoruz. Bu yüzden değer vermekten vazgeçmek yerine doğru insana değer vermeye çalışmalıyız. Bunu yapmanın tek yolu değer verip, yaşayıp görmekle oluyor. Değer verip, yaşayıp gördükten sonra yanılmak da var, verdiğin değeri gerçekten hak eden birini bulmak da. Verdiğin değeri hak edecek birini bulmak bazen zaman alıyor, bazen de erken bulmayı nasip ediyor Allah insana.

Her insan gibi ben de çok değer verdim bazı insanlara. Bazen değer verdiğim insanlar beni yanılttı, bazen de verdiğim değeri fazlasıyla hak ettiklerini gösterdiler bana. Denemeden hiçbir şeyi anlayamıyor insan. Deneyerek bulacaksınız. Belki denerken kırılacak, yanılacaksınız ama denemeden bulamazsınız. O yüzden değer vermekten vazgeçmeyin, verdiğiniz değeri hak etmeyenlerden vazgeçin. Ben öyle yapıyorum artık çünkü mutsuz olan ben olacağım bu işin sonunda bunu biliyorum. Vazgeçmeyi bilmeliyiz bazen, inan bana, bize zarar veren şeylerden vazgeçmeyi bilmeliyiz. Mesela bazı insanlar değer vermeyi o kadar abartıyor ki, zarar gördüğünü kırılan kişinin kendi olduğunu gördüğü halde değer vermeye devam ediyor. Bu şekilde üzülen hep sen olursun. Senin verdiğin değerin kıymetini bilmeyen, senin kıymetini bilmeyen biriyle ne kadar mutlu olabilirsin ki? Olamazsın! Ben çok denedim, inan bana olamazsın! Ancak verdiğin değeri hak eden sana da aynı şekilde değer veren biriyle mutlu olabilir insan bu hayatta. O yüzden verdiğin değeri hak etmeyen birini gördüğünde o kişiden vazgeçmeyi öğrenmelisin. Değer vermekten değil ama verdiğin değeri hak etmeyenlerden vazgeçmeyi öğrenmelisin.

Değer vermekten vazgeçmeyeceğiz. Çünkü verdiğimiz değeri hak edip hak etmeyeni ancak bu şekilde görebiliriz.

Allahım, verdiğimiz değeri hak edecek insanları nasip et bize.

Hayat insana yaşatarak öğretiyor bazı şeyleri.

Biriyle tanışıyorsun mesela, arkadaş oluyorsun. Bir süre sonra arkadaşlığın da ötesinde, kardeşin gibi oluyor bazı insanlar. Sonra bir gün bir bakıyorsun seni sırtından vuran kişi oluyor o aynı kişi, arkandan kuyunu kazan biri oluyor. İnanamıyorsun nasıl böyle olduğuna ama oluyor işte. Zamanla bazı arkadaş bildiklerin kardeşim dediklerin de değişiyor, sırtından bile vurabiliyorlar seni. Hayat böyle insanları da karşına çıkarıyor işte.

Yaşamadan nereden bilebilirsin ki kardeşim dediğin birinin sana yanlış yapabileceğini? İşte hayat sana bunları öğren diye yaşatıyor. Öğretiyor sağolsun, hayat her şeyi öğretiyor yaşadıkça. Mesela birini hayatına alıyorsun. Her şey çok güzel, hiçbir sorun yok. İlk önce kalbinin sesi diyor ki "evet, işte bu benim hayatımda olması gereken kişi." Sonra öyle bir noktaya geliyorsun ki o aynı kişi artık senden uzak olması için dua ettiğin kişi haline geliyor bir anda.

Hiçbir insanın içini okuma şansımız yok. Yaşıyoruz ve yaşadıkça görüyoruz bazı şeyleri. Evet aslında çok üzülüyoruz bunları yaşarken belki ama iyi tarafını da gözden kaçırmamak gerekiyor. Daha güçlü, daha hazırlıklı olmamızı sağlıyor bu yaşadıklarımız. Bunun gibi örnekleri yaşadıkça insan daha da korkar oluyor değil mi? "Ya bu da önceki gibi olursa, ya bu da önce ki gibi yaparsa" diye düşünceler oluyor kafanda. Bu çok normal. Bunlar olacak hep kafanda ama denemeden yaşamadan bilemeyeceksin asla. O yüzden denemeden, şans vermeden kimse için acele kararlar verme. O yüzden hep dua ederim Allah'a ben. Rabbim benim için hayırlı olanı karşıma çıkar diye. Sen de dua et. Çünkü bizler hayırlı olanı bulduğumuzu zannedip yanılabiliriz. Ama O yanılmaz. O hayırlı olanı bilir ve isterse onu bize verir. Hiçbir zaman umutsuz davranma bunları yaşadığın için. Önemli olan tüm bunlardan kendimize ders çıkarmak, önemli olan bunların bize bir şeyler katması. Bunları yaşayarak olgunlaşıyoruz aslında. Hayatın sınavları sonucunda gelişiyoruz. Bir sonra ki adımımızı atarken 1 defa düşünmek yerine 10 defa düşünüyoruz. 10 defa düşünüp yapmak her zaman daha iyidir. Yanılma ihtimalini azaltır insanın. Bu yazımı okurken kim bilir aklından neler geçiyor. Kim bilir neler yaşadın da hepsi şu an gözünün önünden geçiyor. Eminim vardır bir sürü örneği. Hiçbiri için üzülme. Hiçbiri için canını sıkma. Belki biraz zaman kaybı oldu bunları yaşarken ama eminim ki tecrübe oldu sana yaşadıkların. Hayat yaşatarak öğretir bazı şeyleri insana. Yaşayarak göreceğiz herkesin gerçek yüzünü. Bazen yanılacağız, bazen de memnun olacağız yanımızdakilerden. Ama hepsinin bize bir şeyler kattığını unutmayacağız.

Rabbim, tanıdığımıza memnun olacağımız insanlar çıkar karşımıza.

Zor sınavlar güçlü insanlar yetiştirir.

Her insan hayatı boyunca çeşitli sorunlarla karşılaşır. Aslında sorun dediğimiz her şey bizim için bir sınavdır. Biz bu sınavlar sayesinde güçlü olabiliyoruz. Sınavımız ne kadar zorsa biz de o kadar güçlü oluyoruz. Bazen arkadaş, bazen sevgili, bazen eş ile sınav olursun. Bazen sağlık sorunu, bazen maddi, bazen manevi sıkıntılar ile sınav olursun. Sakın yaşadığın şeyler için isyan edip kendini yıpratma. Ne yaşarsan yaşa, nasıl bir sınavda olursan ol şükret. Her zaman daha beteri vardır mutlaka.

Allah bazı insanlara sıkıntılar verir çünkü onların her şeye hazırlıklı olmasını ister. Yaşayıp, tecrübe edip, güçlükler karşısında dayanıklı olmalarını ister. Bunları yaşadığı halde isyan etmeyip şükrettiğini görmek ister. Güçlü ol her zaman. Sıkıntılı anlarında bile şükretmekten vazgeçme. En dayanılmaz anlarında bile isyan etme. Dua edip yaşadığın sınavdan geçmeyi sabırla beklemekten vazgeçme sakın. Dua ve sabır bulunduğun sınavı başarı ile geçmeni sağlayacaktır. Yeter ki güçlü ol ve inan. Her şey gelip geçer. Bir bakacaksın ki yaşadığın sınavlar bitmiş huzura kavuşmuşsun. Yeter ki Allah istesin. Yeter ki yüreğinden dua et. Temiz kalbinle inan yeter ki buna. Umutsuz olmadan güçlü bir şekilde dayan sınavlara. Hiç şüphesiz ki Allah sevdiği kullarını sınav yapar. Bunu düşünerek teselli et kendini.

İnanmaktan vazgeçme.

Sen neler yaşadın kim bilir? Nelere dayandın şimdiye kadar.?Neler için dua ettin, neleri atlattın? Bunu da atlatırsın sabret. Kendine hep bunu söyle. "Ben neleri atlattım Allah'ın izniyle, bunu da atlatırım" de. Emin ol inanınca ve Allah'tan tüm kalbinle isteyince kavuşursun aradığın huzura. Sınavın ne kadar ağır olursa olsun unutma ki Allah için her şey kolaydır. Ol derse her şey olur. Yeri göğü yaratan Rabbim senin yaşadığın sıkıntılarına da bir kapı açar.

Zor sınavlar güçlü insanlar yetiştirir. Bunu unutma ve hangi sınavı yaşarsan yaşa dua ile sabır ile sınavdan geçmeyi bekle. Bak gör her şey güzel olacak Allah'ın izniyle.

Rabbim, bizi sana layık, dirayetli kullarından eyle.

Hiç kimse boşuna girmedi senin hayatına.

Hiç kimse boşuna girmedi senin hayatına, buna emin ol. Bazıları herkese güvenmemen gerektiğini öğretmek için girdi. Bazıları herkese değer vermemen gerektiğini öğretmek için girdi hayatına. Bazıları herkesi kendin gibi temiz kalpli sanmamayı öğretmek için girdi hayatına. Bazıları ise seni yanıltmak için girdi resmen. Seni üzmek, seni mutsuz etmek, seni pişman etmek için girdi hayatına. Bunları mutlaka yaşadın, yaşayacaksın da göreceksin de, biliyorum. Bir de hayatına giren güzel insanlar olacak tabi ki. Seni güvendiğin için pişman etmeyen, değer verdiğin için pişman etmeyen, sevdiğin için pişman etmeyen, yanında olduğu için sana iyi gelen ve hep yanında olmasını istediğin insanlar da girecek hayatına. İşte bu insanlar da boşuna girmeyecek hayatına.

Bu insanları da Allah sana bir sebeple yollayacak. Bu insanlar da sana sevginin, güvenin, değerin, dostluğun ne demek olduğunu göstermek için yollanacak.

Allah herkesi bir sebeple yolluyor hayatımıza. Kimileri deva olur sana, kimileri bela. Kimileri sefa olacak, kimileri cefa. Kimileri kalacak, kimileri gidecek hayatından. Ama hepsinin bir geliş sebebi var, unutma! Hepsi sana iyi veya kötü bir iz bir tecrübe bırakacaktır. Hayatına giren kötü insanlar için de isyan etme bence. Çünkü onlar da sana herkese güvenmemen gerektiğini, herkesi sevmemen gerektiğini, herkesi kendin gibi temiz kalpli bilmemen gerektiğini öğrettiler. Onlarla sınandın sen. Onlar sayesinde daha güçlü oldun. Onlar hayatına girdiği için bazı şeyleri öğrendin sen. Bundan sonraki hayatında başkalarına karşı nasıl davranacağını daha iyi bilen biri olman için gönderildi onlar sana. O yüzden hayatına girip seni mutsuz edip gidenler için hiç boşuna canını sıkma. Hatta iyi ki geldiniz hayatıma, iyi ki bana bazı şeyleri yaşattınız da ben biraz akıllandım tecrübe edindim diye sevin bence. Çünkü öyle oldun da zaten. Bunları yaşamadan önceki halinle yaşadıktan sonraki halin arasında eminim büyük fark vardır. Ben bunları yaşadım, oradan biliyorum. Eminim sen de yaşadın. Yaşamadıysan emin ol her insan bunları yaşayacak.

Bunları okuyorsan senden tek bir şey istiyorum. Geçmişte seni mutsuz eden hiçbir şey için, hiç kimse için canını sıkmayacaksın. Hepsinin senin hayatına girme sebepleri olduğunu bileceksin. Hayatına giren herkesten ve hayatına girenlerin sana yaşattığı her şeyden biraz ders almanı istiyorum sadece, çünkü bunu yaparsan çok büyük bir adım atmış olacaksın. Yoluna daha emin adımlarla devam etmeni sağlayacak bu, emin ol buna. Hayatına girip çıkanların hiçbirini de kafana takma boşuna. Eğer ilk günkü gibi olmayacaklarını bilseydin zaten hayatına almazdın onları biliyorum. Ama kimseyi de hayatına almadan ömür boyu bekleyemezsin. Mutlaka birileri hayatına girecek. Kimileri beklemediğin gibi çıkacak kimileri ise beklediğinden de iyi çıkacak. Kimileri seninle devam edecek, kimileri sensiz devam edecek. Sen hep şöyle düşün; "ben buradayım. İsteyen gelsin, isteyen gitsin. Benim ne olduğumu, nasıl biri olduğumu, gönlümden geçeni de, kalbimin temizliğini de Allah biliyor. Beni hak eden yanımda kalsın etmeyen kendine yoluna gitsin" diyeceksin.

Zaten Allah nasıl nasip ettiyse öyle olacak. Buna ne sen ne de bir başkası engel olabilir. Bir insanın hayatına girmesi de, hayatından çıkması da Allah'ın emri ile olur. İşte bu yüzden ben hayatından çıkan, seni mutsuz eden insanların arkasından üzülme diyorum. Belki hayatından çıkan birinin hayatında kalması seni daha mutsuz edecekti. Belki de hayatından çıkması daha hayırlısı olmuştur, daha büyük mutsuzlukların önüne geçmiştir bu.

O her şeyin hayırlısını bilendir, unutma. Bizim için en hayırlı olanı en iyi bilendir.

Ben şuna inanıyorum, yaşadığımız ne olursa olsun hep şükredersek, isyan etmek yerine dua edersek yolumuz açılıyor. Rabbimden hep hayırlısını istersek mutlaka bir gün veriyor. Bunları okurken evet bunları yaşadım dediğini duyabiliyorum şu an. Bunları hiçbir zaman unutmadan devam et hayatına. Hayatına kim girerse girsin, sen doğru olduktan sonra her şey yoluna girer. Senin kalbin temiz olduğu sürece Allah kalbin kadar temiz birini sana nasip eder. Buna inanarak yaşa. Buna inanarak bekle.

Allahım, hayırlı insanlarla buluştur bizi, yüreği temiz insanları kat ömrümüze.

“

Kalbimizi bunaltıyor dünya.
Bazen umutsuz oluyoruz,
bazen de güçsüz düşüyoruz.
Sen umutsuz olduğumuzda umut,
güçsüz düştüğümüzde bize güç ver
Allah’ım.

”

Yürüdüğün yolda niyetin temizse korkma. O yolun sonu mutluluktur.

Niyeti temiz olan insanlar bazen kırılan taraf gibi görünseler de iyi niyetli olmaktan vazgeçmemeli insan. Hep iyi niyetimden kaybediyorum diyenlere katılmıyorum ben. İyi niyetli olan insanlar kaybetmez, kaybedilir. Asıl kaybeden kötü niyetli insanlardır. Çünkü bir insan ne kadar gerçek niyetini saklarsa saklasın er ya da geç ortaya çıkar gerçekler. Bunu hepimiz en az bir kez yaşarız hayatımızda. Ne kadar yakın olursan ol gün geliyor en yakınında olan insanın bile kötü niyetli olduğunu anlıyorsun. İnsan en yakınlarında görüyor bu tür şeyleri daha çok. Şimdi soruyorum sana, sen niyetinin kötü olduğunu anladığın bir arkadaşınla arkadaşlığa devam edebilir misin?

Niyetinin iyi olmadığını anladığın birini hayatında tutmaya devam edebilir misin? Edemezsin değil mi? O zaman niyeti kötü olan biri bu hayatta nereye kadar ilerleyebilir ki? İstediği kadar gizlemeye çalışsın er ya da geç niyeti ortaya çıkınca tüm kapıları kapanacaktır. İnsanlar niyeti kötü olan birini hayatlarına sokmayacaktır. Ama niyeti iyi olan insanlar için aynı şey sözkonusu olabilir mi? Tabi ki hayır.

Yine de bu hayatta iyi niyetli insan sayısı niyeti kötü olanlardan çok daha az. İyi niyetli birini gördüğümüz zaman el üstünde tutacağımıza onu kırıyor, üzüyoruz. İyi niyetinden faydalanıp güvenini boşa çıkarıyoruz. Ve o kişi belli bir noktadan sonra iyi niyetli olduğu için hep kendine kızıyor. "Ben iyi niyetli olmasam bunları yaşamazdım. Ben iyi niyetli olmasaydım insanlar beni bu kadar kıramazdı" diye düşünüyor. Ne kadar tanıdık cümleler değil mi? Ama aslında o da yanılıyor. Tamam belki kıranlar oluyor hepimizi, iyi niyetimizin karşılığını çoğu zaman alamıyoruz ama yine de iyi niyetinden asla vazgeçmemeli insan.

İnsanlar bilmese de seni en iyi Allah bilir. Er ya da geç senin o iyi niyetinin kıymetini bilen birini Allah karşına çıkarır. Herkes hak ettiğini bulur bu hayatta. Allah herkese hak ettiğini verir mutlaka. Bu yüzden senin niyetin temizse hiç korkma bu hayatta başına gelecek olanlardan.

Tabi ki her zaman önlemini alacaksın bazı şeylerin. Ama insanlara karşı iyi niyetini asla kaybetmemelisin. Bırak herkes senin iyi niyetinin değerini bilmesin. Bilenler yeter sana emin ol.

Allah'ın bilmesi fazlasıyla yeter sana emin ol.

Allah kimsenin karşısına niyeti kötü olan birini çıkarmasın. Ama maalesef hayatımızda karşımıza kötü niyetli insanlar da çıkıyor. Çıkar peşinde koşan, seni kullanmak için yanında olan insanlar çıkabiliyor karşına. Yüzüne karşı çok iyi görünüp içinde kötülük besleyen, yüzüne karşı farklı olup arkandan iş çeviren insanlar da dokunuyor hayatlarımıza. Onlar böyle diye sen de değişebilir misin peki? Benzeyebilir misin onlara? Değişemezsin. Doğru bildiğin yoldan çıkıp onlara benzeyemezsin. Elbette bir süre sonra göreceksin ki iyi niyetin senin yolunu açacak.

İyi niyetli olmak ve iyilik yapmaktan asla vazgeçmeyenlerden olmayı nasip etsin bize Allah. Yaptığı iyiliği karşılıksız yapanlardan olmayı nasip etsin her zaman.

Kalbimiz temiz ya hani, niyetimiz doğru ya, o yetiyor. Evet kırıldım, nankörlük gördüm ve bazen üzüldüm ama iyilikten, iyi niyetten hiç vazgeçmedim. Neden biliyor musun? Ne zaman sıkıntıya düşsem bir vesile ile o sıkıntıdan bir şekilde kurtuldum. Ne zaman birileri arkamdan iş çevirmeye kalksa Rabbim çevirdikleri işleri onların ellerine ayaklarına dolaştırdı hep. Ne zaman birileri benim işlerimin aksi gitmesini istedilerse Rabbim işlerimin daha iyi olmasını sağladı. Yaşadığım için bunları açık yüreklilikle söylüyorum. Belki tuhaf gelecek ama, iyi niyetli insanın yanında her zaman görünmeyen melekleri vardır. O melekler seni kötü niyetli insanlardan bir şekilde koruyor. Bırak bazı insanlar iyi niyetli olduğun için seni kullandığını sansın. Bırak yaptığın iyiliği hatırlamayanları. Bırak iyi niyetle yaklaştığın insanların sana kötü niyet beslemesini. Her koyun kendi bacağından asılır lafı geliyor aklıma. Ne de güzel bir örnek aslında. Herkes kendi yaşattıklarından sorumludur. Herkes kendi kalbine, kendi yüreğine, kendi niyetine baksın.

Allah her şeyi görüyor, her şeyi duyuyor inan buna.

Şimdi nasıl olur da niyeti temiz olan bir insan kaybeder, soruyorum sana? Nasıl olur da iyi niyetli olmayı bırakabiliriz biz? Bu dünyada işlerimizi bir şekilde yoluna koysak da, bir şekilde hayatımıza devam etsek de, ahirete intikal ettiğimizde Allah bize sormayacak mı? Demeyecek mi ki "sen neden kötü niyetle yaklaştın herkese? Neden her işinde gücünde niyetin pisti? Neden böyle oldun sen, seni ben tertemiz yaratmışken, kalbini tertemiz yaratmışken, neden kirlettin bu kadar" demeyecek mi? Diyecek elbette. İşte o yüzden iyi niyetli olduğun için saf bile deseler önemi yok bu hayatta. Allah bizi böyle yarattı ve izin verdiği sürece, nasip ettiği sürece temiz niyetli olmalıyız. Hem bu dünyada hem de ebedi evimiz olan ahirette alnımız ak başımız dik olmak için biz böyle olmak zorundayız.

İyi niyetle çıktığın hiçbir yolda Allah ayağını taşa değdirmez, yolun hep açık olur. Her şeyden önemlisi vicdanın hep rahat olur. Gece yastığa kafanı koyduğun zaman uykunu kaçıran duygular olmaz senin içinde. Sana kötü niyetle yaklaşanlar, kötü niyet besleyenler cebelleşir o duygularla.

Yürüdüğün yolda niyetin temizse, sen korkma. O yolun sonu mutluluk, inan bana.

"Allah karşına senin kadar temiz niyetlisini çıkarsın dediklerinde gönül rahatlığıyla AMİN diyebilmeyi nasip etsin bize Rabbim."

Nasipse olur, durduramazsın, nasip değilse istediğin kadar uğraş, olduramazsın.

İstediğimiz şeyin ilk önce nasibimizde olması lazım.

İnsanoğlu her şeye sahip olmak istiyor. Her şeyi istiyoruz durmaksızın. Ama nasibimizde var mı yok mu bunu bilmiyoruz. Bunu ancak Allah bilir. Eğer bir şeyi çok istiyorsak tabi ki Allahtan istemeliyiz önce. Dua etmeliyiz istediğimiz şey için. Ama sadece dua da yetmez. Allah diyor ki, "Ey kulum, istediğin bir şey varsa benden iste. Ama benden isterken aynı zamanda elinden geleni de yap." Her şeye oturduğumuz yerden hiç emek harcamadan sahip olmayı bekleyemeyiz. Emek harcamalıyız, uğraşmalıyız. Allah'a emeğimizi göstermeliyiz.

Arkadaşın en iyisini isteriz hep ama aynı zamanda biz de iyi bir arkadaş olmalıyız. Hayatımıza hayırlı olanı isteriz hep ama biz hayırlı olan mıyız acaba diye sormalıyız kendimize. Önce kendimizden yola çıkmalıyız Allah'tan bir şey isterken, o şeyi isteyecek yüzümüz olmalı önce. Biz elimizden geleni yaptıktan sonra Allah'tan istemeliyiz. Eğer ki tüm bunları yapıyorum, her şeye dikkat ediyorum, elimden geldiğince emek harcıyorum diyebiliyorsan gönül rahatlığıyla, korkma! En azından kendinden eminsindir. Gerçekten emek verdiysen ve istediğin o şey nasibinde varsa gelip seni bulacaktır. Eğer nasibinde yoksa Allah senin gösterdiğin çabayı, kalbinin temizliğini ve yürekten dua edişini gördüğünde yine nasip eder sana. Yeter ki kalbin temiz olsun. Yeter ki tüm kalbinle dua et. Yeter ki Allah'tan iste, o kimseyi geri çevirmeyendir. Ama çabalamazsan, samimiyetsiz dua edersen, kalbin de kötülük varsa, işte o zaman hiç boşuna bekleme.

Bir de şu var; kalbin çok temizdir, elinden gelen her şeyi yaparsın, Rabbine tüm kalbinle dua eder ve ondan istersin. Ama o isteğin gerçekleşmez. Yine de, olmadı diye kötü düşünmemelisin. Belki de o şeyin olmaması daha hayırlıdır. Belki de Allah senin kalbinin temizliğinin hatırına seni koruyordur. Sen elinden geleni yap, kalbini temiz tut ve tüm kalbinle Allah'tan iste. Eğer bir şey nasibinde varsa o şey mutlaka gelir seni bulur.

Rabbim bize her şeyin hayırlısını nasip et.

Sen hiç seni mutsuz eden, sana kötülük yapan birinin mutlu olduğunu gördün mü?

Göremezsin.

Bir süreliğine mutlu bir hayat sürebilirler belki ama kötülük yapan, başkalarının mutsuzluğuna sebep olan insanlar bunun karşılığını er geç bulurlar. Bir çok defa gözlemlediğim bir durum bu. Kim beni mutsuz ettiyse, kim arkamdan iş çevirdiyse, kim ahımı aldıysa karşılığını başka yerden bulmuştur hep. Çünkü eğer senin kalbin temizse ve seni biri haksız yere üzüyorsa, bunu Allah görüyor. Kimse görmese de, kimse duymasa da, kimse seni anlamasa da Allah seni görüyor, duyuyor ve anlıyor.

Ve şuna emin ol, kimsenin yaptığı yanına kalmıyor bu hayatta. İçin rahat olsun senin. "Beni böyle mutsuz edip hiç çekinmeden, hiç sıkılmadan, hiçbir şey olmamış gibi hayatına devam ediyor" diyorsun kendi kendine, "adalet bunun neresinde?" diye soruyosun, biliyorum. Ama öyle değil. Bir süre için öyle belki, ama sürekli değil. Allah bir süre sonra yaptıklarını anlaması için aynı veya farklı bir şekilde, hak ettiği biçimde aynı şeyi karşısına çıkarıyor böyle insanların. Ben buna çok şahit oldum. O yüzden hiçbir zaman canımı sıkmıyorum böyle insanlar için. Çünkü biliyorum ki, Rabbim beni duyuyor, görüyor. Çünkü biliyorum ki hakkımı yiyenlerin karşısında yalnız değilim. Ben unutsam bile, Rabbim unutmaz. O yüzden içim rahat benim.

Seni mutsuz edenler için canını sıkma sen, Allah'a havale et hepsini. Bu dünya da adalet bazen doğru işlemese de, Allah'ın adaleti hiçbir zaman şaşmaz. Mutsuz edenler de mutsuz olur, sana kötülük yapanlar da bir gün aynı kötülüğü karşılarında bulur, için rahat olsun senin.

Kötülüğün karşısında, bizi iyilik yolundan ayırma Ya Rabbim.

Değerini bilmeyen insanlar için mücadele etmenin ne anlamı var?

En çok yaptığımız hatalardan biri de değerimizi bilmeyen insanlar için mücadele etmek. Ne kadar boşuna bir çaba değil mi? Karşındaki insana bakıyorsun verdiğin değerin zerresini bile hak etmiyor, senin ona harcadığın emeğin zerresini sana harcamadığı halde hâlâ ısrar ediyorsun. O seni kırıyor paramparça ediyor ama sen hâlâ alttan alıyorsun ya da hâlâ katlanıyorsun.

Nereye kadar sürer ki bu?

Eğer bir insan senin değerini bilmiyorsa o insanla geçirdiğin her saniye haramdır., boşuna zaman kaybetmektir. Belki de bir başkası senin yanında olmak için can atarken sen gidip seni hiç önemsemeyen birine, senin değerini bilmeyen birine vermemelisin hayatının en değerli zamanlarını. Gözün kör olmamalı, etrafında seni önemseyen, senin için canını verebilecek bir sürü kişinin olduğunu görmelisin. Değerini bilmeyenler için çabalamayı bırakmalısın. Senin değerini bilen bunu hissettirir sana ama sen bunu hissetmediğin halde yine de devam ediyorsun. Etrafında değerini bilmeyen insanların olduğunu ve senin onlar için çabaladığını çok iyi biliyorum.

Yapma artık!

Senin değerini bilmeyenlerle vakit kaybetme. Senin değerini bilmeyenlerle yan yana olma. Hayatına sokma. Değerini bilmeyen insanlarla yollarını ayırmadığın müddetçe mutlu olamazsın. Değer vereceksen aynı şekilde değerini de bilecekler. Bilmiyorlarsa çekip gidecekler bu kadar basit.

Sanırım sen üzülmeye alışmışsın. Sanırım sen yükü hep tek başına taşımaya alışmışsın. Çünkü ben başka bir neden bulamıyorum.

Şunu hiç çıkarma aklından: Değerini bilenleri ve bilmeyenleri ayır hayatında. Hepsinin bir yeri olsun mutlaka. Kiminin yeri senin yanın olsun kimileri senden uzak olsun. Yanında olacak olanlar belli. Değerini bildiğine inandıkların yanında olsun hep. Değerini bilmeyenler için de artık uğraşma. Bir yere kadar uğraşırsın. Bir yere kadar sabredersin. Bir yere kadar mücadele edersin, buna tamam. Ama bir yerden sonra yeter artık. Olmuyorsa olmuyordur. Sen mücadele ederken o etmiyorsa artık gerek yok. Değerimizi bilmeyen insanlarla vakit kaybediyoruz. Değerimizi bilmeyen insanlarla güç kaybediyoruz. Vazgeçmeyi bilmemiz lazım. Artık bir şeyleri şu kafamıza sokmamız lazım. Net olmamız lazım, net. Hem böyle olunca karşında ki insan bile daha çabuk akıllanıyor biliyor musun? Senin tavrını anlıyor ve kafasına dank ediyor bazı şeyler. Belki iş işten geçtikten sonra belki henüz erkenken ama kesinlikle kafasına dank ediyor emin ol buna. Bunun olması için düğmeye bas artık. Karar al kendi kendine. "Bundan sonra değerimi bilmeyen kimse için mücadele etmek yok artık" de kendine. Göreceksin bak değerini bilmeyenler nasıl da hatasını anlayacak, nasıl da kafasına vuracak.

Her şeyin güzel olmasını istiyorsan, biraz mutlu olmak istiyorsan değerini bilen insanlar için mücadele et, değerini bilmeyen insanlar için değil. Bize bizden başka zarar veren yok, unutma bu lafımı.

Değerimizi bilecek, çabamızı boşa çıkarmayacak iyi insanlarla karşılaştır bizi Ya Rabbim.

"Huzur"
denince
aklına kim
geliyorsa,
Allah
seni
ondan ayır-
masın...

Neden mutluyum biliyor musun?

Çünkü mutsuz edenleri hayatımdan, huzursuz edenleri aklımdan çıkarmayı öğrendim. Yaşadığım kötü şeylere üzülmek yerine, onlardan ders almayı öğrendim. Gerektiği zaman vazgeçmeyi, gerektiği zaman boş vermeyi öğrendim. Çok şükür mutluyum. Çünkü hayırlısı deyip sabretmeyi öğrendim. Beni üzenleri bir daha hayatıma sokmamayı öğrendim. Hayatımda olup beni rahatsız edenleri hayatımdan çıkarmayı öğrendim. Mutsuz olma sebeplerimi tek tek çıkarmayı öğrendim hayatımdan. Mutlu olma sebebim olanlara şans vermeyi öğrendim, yola onlarla devam etmeyi öğrendim. Arkamdan iş çevirenleri, mutsuz olmam için elinden geleni yapanları görmezden gelip, Allah'a havale etmeyi öğrendim. Hiç kimseye gereğinden fazla değer vermemeyi, herkese güvenmemeyi öğrendim. Emin olmadan kimseyi dost bilmemeyi öğrendim.

Mutluyum çünkü mutlu olmama engel olan herkesten vazgeçmeyi öğrendim. Herkes için boşuna çabalamamam gerektiğini, her şeyin Allah'ın elinde olduğunu öğrendim. Elimden geleni yapmayı öğrendim ama olmuyorsa da zorlamamayı öğrendim. Hayırlısı olsun deyip kendimi rahatlatmayı, hayırlısını istemeyi öğrendim.

Her insanın kalbinin temiz olmadığını öğrendim ben. Herkesin göründüğü gibi olmadığını, herkesin tanıdığım ilk günkü gibi kalmadığı öğrendim öğrendim. Herkesin samimi olmadığını, herkesin sözüne güven olmayacağını öğrendim. Sadece görünüşe değil, karakterine bakmayı öğrendim karşımdaki insanın, yüreğini görebilmek için sabretmeyi öğrendim. Sadece sözlerine bakıp karar vermeyi değil, yapacaklarına bakıp, yaşatacaklarına bakıp karar vermeyi öğrendim.

Herkesle yola çıkılmayacağını öğrendim. Bazı insanların yarı yolda bırakabileceğini, yola çıkmaya değmeyecek insanların da olduğunu öğrendim.

Allah'ın adaleti olduğunu öğrendim. Beni üzenlerin de üzüleceğini öğrendim. Kafaya takmamayı, boşuna üzülmemeyi öğrendim. Sorunların kafa yormakla yok olmayacağını öğrendim. Sabretmeyi öğrendim her şey için. Acele etmemeyi öğrendim. Fazlasında gözüm olmadı hiç, yetinmeyi öğrendim.

Kırmamayı öğrendim ben. Kırarsam bende kırılırım çünkü, bunu öğrendim. İyi şeyler yaşatmayı öğrendim. Yaşattığımı yaşayacağımı öğrendim.

Neden mutluyum biliyor musun?

Kendim olmayı öğrendim ben.

Neysem öyle görünmeyi öğrendim. Beni ben olduğum için sevsinler, asıl önemli olanın bu olduğunu öğrendim. Umutsuz olmamayı öğrendim. Tüm kapılar kapansa da Allah'ın bir kapı açabileceğini öğrendim. En zor zamanlarımda bile sabırla dua edip beklemeyi öğrendim. Kimsenin arkasından konuşmamayı, kimsenin arkasından kötülük düşünmemeyi öğrendim.

Hiçbir şeyin imkânsız olmadığını, kalpten edilen duanın karşılık bulacağını öğrendim. Nasibin önüne hiçbir şeyin geçemediğini, tüm dünya karşı çıksa da sana ulaşacağını öğrendim.

Neden mutluyum biliyor musun?

Kalbimi kirletmemeyi öğrendim ben. İnanmaktan vazgeçmemeyi öğrendim. Bazen yanılabileceğimi ama hiçbir zaman pes etmemem gerektiğini öğrendim. Kafamı yastığa koyduğum zaman, vicdanımın rahat olması gerektiğini öğrendim ben. Kimsenin ahını almamayı, kimsenin ahıyla yaşanmayacağını öğrendim. Mutluyum, çünkü kimsenin beni mutsuz etmesine müsaade etmemeyi öğrendim. Hatalıysam özür dilemeyi öğrendim. Huzurlu olmayı öğrendim ben. Çünkü huzurumu bozanları değil, huzur verenleri hayatıma almayı öğrendim. Mutsuz edenleri değil, mutlu etmek için uğraşanlara aynı şekilde hak ettiği değeri vermeyi öğrendim. Benim için bir adım atana on adım atmayı öğrendim ben.

Yaşadıklarımdan pişman olmamayı öğrendim ben. Hayatıma giren herkesin ayrı ayrı bir amacı olduğunu öğrendim. Hepsinden ayrı ayrı ders çıkarmam gerektiğini öğrendim. Eğer bir şeyin doğru olduğuna inanıyorsam yolumu kimsenin kesmesine izin vermemeyi, tüm engellere rağmen yoluma devam etmeyi öğrendim. Kalbimin sesini dinlemeyi öğrendim. Her zaman başımın dik, alnımın ak olması gerektiğini öğrendim. İnsanlara değil de asıl Allah'a hesap vereceğimizi öğrendim. İnsanlardan değil, Allah'tan korkmayı öğrendim ben.

Neden mutluyum biliyor musun?

Çünkü kalbi temiz olana Allah'ın her zaman bir yol gösterdiğini öğrendim...

Neden bazı insanlar yalnız kalmayı tercih ediyor sanıyorsunuz?

Neden yalnız kalmak ister ki bir insan? Daha önce tersini denediği için olabilir mi? Daha önce deneyip çok kırıldığı için, yanıldığı için olabilir mi acaba?

Eğer bir insan sürekli denediği halde karşısına yanlış insanlar çıkıyorsa o insan yorulur artık. Sürekli kırılmaktan, sürekli güveninin boşa çıkmasından, sürekli mutsuz edilmekten yorulur. İnsanların göründüğü gibi olmamasından bıkar artık, gücü kalmaz bazı şeyler için ve yalnız kalmayı tercih eder. Çünkü yalnızken en azından onu mutlu eden biri olmasa da mutsuz eden biri de yoktur.

Muhakkak ki yalnız olmak Allah'a mahsustur.

Her insan başını omuzuna yaslayabileceği birini ister yanında, her insan yanında huzur bulacağı birini ister, o insanı arar durur.

Kimi bulduğunu zanneder. Bir süre sonra görür ki o da daha öncekiler gibi sadece mutsuz etmek için girmiş hayatına. Kırılmışlıklar kalır geride, yaşanmışlıklar ve yanılgılar kalır. Hayal kırıklıkları, karşılıksız sevdalar, aldatılışlar, aldanışlar...

Tekrar güvenip, tekrar aldanmaktan korkar artık, boşuna tercih edilir mi yalnızlık?

Artık tüm kalbiyle güvenebileceği birini bekler yalnız insan, tüm kalbiyle sevebileceği birini. Ve artık "son olsun" demek ister. "Bu son olsun, sen son ol" demek ister karşısındaki insana ama kolay kolay diyemez. Mutlaka bir yerden patlak verir ilişkiler, mutlaka bir süre sonra tam tersine döner bir şeyler. O yüzden kendini toparlayana kadar, önceki acılarını unutana kadar kenara çekilir insan. Biraz dinlenmeye alır kendini, yeniden güçlenebilmek, yeniden birine inanmak için. Deneyerek bulmaktan başka çare yoktur çünkü, insan yine de insana şans vermelidir.

Siz siz olun yadırgamayın yalnız olan insanları diyorum. Kırılmıştır onlar, boşuna yalnız kalmayı tercih etmiyorlar.

Ve her şeye rağmen aklınızdan çıkarmayın:
Herkes bıraksa da, Allah sizi yalnız bırakmaz.

Ne olursa olsun, seni mutsuz edip gidenler için üzülmeyeceksin.

Kim için üzülüyorsun? Seni seviyorum deyip, hiç sevmemiş gibi giden biri için mi? Kim için üzülüyorsun? Seni hiç bırakmayacağım deyip giden biri için mi? Seni mutlu etmek için elimden geleni yapacağım deyip, seni mutsuz eden biri için mi? İlk tanıdığın günkü gibi kallmayıp, zamanla gerçek yüzünü gösteren biri için mi? Gidersem üzülür, gidersem kırılır, gidersem yarım kalır diye düşünmeyen, bunu dert etmeyen biri için mi? Kim için üzülüyorsun sorsana kendine bunu. Bir iyilik yap kendine ve aslında seni hiç hak etmemiş olan insanların arkasından üzülmeyi bırak artık! Gün geliyor, herkes kendi yoluna gidiyor ve sen yaşadıklarınla baş başa kalıp kendini üzüyorsun. Önce soracaksın kendine değer mi diye. Önce hiçbir şeyin senden daha değerli olmadığını, senin mutlu olmandan daha önemli olmadığını düşüneceksin her zaman. Bu hayat senin.

Gitmek isteyen kimseyi zorla tutamazsın hayatında. Seni mutlu etmek için uğraşmayan kimseyi düzeltemezsin. Senin için en hayırlı olan, seni mutsuz eden insanlardan vazgeçmektir. Onlardan uzak durmaktır. Belki de daha hayırlı olanı çıkacak karşına. Belki de seni mutlu etmek için her şeyi yapabilecek biri çıkacak karşına. Belki huzur bulmanı sağlayacak biri çıkacak karşına. Belki Allah senin mutlu olman için önünü açıyordur, belki de bilerek senin hayatından çıkarıyordur bazı insanları. Bunu bilemezsin. Ve gidenin arkasından güle güle demeyi öğrenmezsen daha çok üzülürsün unutma bunu. Kimseyi zorla tutamazsın hayatında. Gerçekten seven biri, gerçekten yanında olmak isteyen birini kovsan bile gitmez zaten. Gerçekten seven biri senin mutlu olman için elinden geleni yapar. Gerçekten seven biri seni mutsuz etmekten, seni kırmaktan deli gibi korkar. Etrafına bir bak şöyle, her insan doğru olamaz ki. Bu hayatta yanlış insanları da göreceksin. Bu hayatta senin düşündüğün gibi düşünmeyen insanları da göreceksin. Hassas yüreğinin farkındayım ama herkes de senin gibi hassas düşünmez maalesef. O güzel kalbini üzme, umutsuzluğa kapılma.

Senin kalbin temiz olduğu sürece Allah sana çok daha iyilerini nasip eder, unutma.

Ne insanlar tanıdın sen, neler yaşadın. Geçmez dediğin neler geçmedi ki? Sabret...

Ne insanlar tanıdın sen, bir düşünsene. Baksana bir geçmişine, hatırlasana yaşadıklarını. Kimler kırmadı ki seni, kimler yarım bırakmadı? Kimler yara açmadı sana bu hayatta, kimler seni pişman etmedi? Kimler yanıltmadı, kimler üzmedi seni? Hangisi var yanında şu an? Hiçbiri yok. Hepsi kendi yoluna gitti, hepsi kendi hayatlarının derdinde. Hayatına sokup da pişman olduğun ne çok insan oldu, ne kadar çok insanın karakterini gördün, tanıdın. Hangisi yıkabildi seni, söylesene? Bunları yaşarken biraz acı çektin ama çok şükür yıkılmadın. Hiçbiri seni yıkamadı. Yordu belki ama daha güçlü olmanı sağladılar. İki yüzlü insanlar mı görmedin, arkandan iş çeviren insanlar mı? Dost diye bildiklerin düşman mı çıkmadı, seviyorum dediklerin pişman mı etmedi? Söylesene neler yaşadın da yıkılmadın sen? Kimleri tanıdın da hâlâ ayaktasın?

Öyle hemen pes etmeyeceksin!

Allah hiç kimseye taşıyamayacağı bir yükü vermez, bunu çok iyi biliyorsun. Ne sıkıntılar çektin sen zamanında, hangisi geçmedi? Geceyi gündüze çeviren Rabbim neleri yoluna koymaz ki? Sen istersin de nelere el uzatmaz? Sen dua eder istersin de neyi vermez o sana? Ne yaşarsan yaşa sabretmekten ve dua etmekten vazgeçme. Ne yaşarsan yaşa, Allah'a inan. O senin ne yaşadığını da biliyor, çıkış yolunu da biliyor. Yolu bulmak için ona dua et.

Geçmez denilen neler geçiyor, sabret!

Marifet birini sevmekte değil, hiç bırakmamakta.

Seni seviyorum demekle her şey bitiyor sananlar da var etrafımızda ama sadece seviyorum demek yetmiyor. Seviyorsan bunu hissettirmelisin karşındaki insana. Seviyorum deyip iki gün sonra değişmeyeceksin. Sevmek öyle herkesin kolaylıkla altından kalkabileceği bir duygu değildir. Yürek ister, cesaret ister, sorumluluk ister. Seviyorum derken kıranlardan olmamalısın. Seviyorum deyip gidenlerden olmamalısın. Gerçekten seven bir insan yarı yolda bırakmaz, yarı yolda bırakan sevmemiştir. Bu yüzden yarı yolda bırakıp gidenler için boşuna üzülme. Kalıp seninle mutlu olmak yerine seni mutsuz edip giden biri için boşuna üzülme. Seviyorum diyordu ama şimdi gitti diye boşuna kendini yıpratma.

Gerçek yüzünü gördüğün için şükret.

İnsanlar zamanla gerçek yüzlerini gösterirler. Bazen ilk tanıdığın insanı karşında göremezsin. Bazen ilk duyduğun sözleri sonradan duyamazsın. Çünkü bazen insanlar ilk tanıdığın günkü gibi kalmazlar. Bu yüzden seni bırakıp giden biri için sakın üzülme. Tam aksine sevinmelisin. Gerçek yüzünü sana gösterdiği için şükretmelisin. Ve giden bir insan için sadece şunu söyleyebilirsin:

"Marifet birini sevmekte değil, hiç bırakmamakta."

Kimini tanırsın
şükür ettirir,
kimini tanırsın
nefret ettirir.
Hayat böyledir.

Sen tam bitti derken Allah öyle güzel bir kapı açar ki sana, işte o zaman anlarsın hiçbir zaman umutsuz olmaman gerektiğini.

İçinde hep umut olacak ve o umut senin güneşin olacak her zaman. Olmaz demeyeceksin hiçbir şey için, imkânsız demeyeceksin. Bileceksin; yeri göğü yaratan Rabbim en ummadığın anlarda ne imkânlar sağlar sana, olmaz denilen neleri oldurur. Ben umutsuzluğu çıkardım hayatımdan yaşadığım tüm olumsuzluklara rağmen. Allah bana sabır veriyor, dayanma gücü veriyor. Hiçbir zaman bitti demiyorum çünkü biliyorum ki bitti denilen ne varsa bir anda filiz açacak belki de. Belki de bitmesi benim için daha hayırlı olacak. Çünkü bazen bazı şeylerin bitmesi de hayırlıdır, bazı şeylerin olmaması da hayırlıdır, olmuyorsa da üzülmemek lazım. Belki de daha iyisi olacak bilemezsin ki. Bitti deme hiçbir şey için ve asla umutsuz olma.

Kuru ağaca çiçek açmayı nasip eden Rabbin var senin. Ümidini kesme ondan. İnancını asla kaybetme. Sabırlı olup beklemeyi öğren. Hem vaktinden önce hiçbir çiçek açmaz bilmez misin?

Çok bekledin belki tamam ama hâlâ zamanı gelmedi belki de. Belki kabul olacak ama zamanını bekliyor duan, bilemezsin ki. Neden her kışın sonunda baharı getiren Allah'tan ümidini kesersin? Neden zifiri geceyi gündüze çeviren, yumurtaya bile can veren Rabbinden ümidini kesersin? Yunus peygamberimizi yunus balığının karnında kırk gün kırk gece yaşatıp, sonra balığın peygamberimizi karaya çıkardığını bilmez misin? Allah'ın neler yapabildiğini görmez misin ki pes edersin umutlarından?

Allah her şeye yeter kardeşim. Allah hepimize yeter, unutma bunu. Ne sıkıntımız olursa olsun pes etmeyeceğiz. Allahtan istemekten çekinmeyeceğiz. Sabırla beklemekten yorulmayacağız. Her şeyin hayırlısı deyip bekleyeceğiz. Allah bizim içimizdeki her şeyi biliyor, Allah dualarımızı duyuyor önce kendin inanmalısın. İnancını her zaman temiz ve sağlam tutmalısın. Dualarında samimi olmalısın. Yürekten istemelisin Allah'tan.

Bitti deme kardeşim, imkânsız deme.

Olmaz deme kardeşim. Olur. Hem de öyle bir güzel olur ki aklın mantığın almaz.

"Şükürler olsun sana Ya Rabbim" dersin, "Şükürler olsun ki benim umudumu yitirmediğim şeyi bana nasip ettin." Sen yeter ki o kabini temiz tut. Sen yeter ki yürekten iste. Yeter ki tüm kalbinle dua ederek çabanı göster. Samimiyetini göster Allah'a. Umudunu kesmemen gerektiğini, hemen pes etmemen gerektiğini, Allah'ın seni nasıl duyduğunu göreceksin.

Yusuf'u kuyudan çıkaran, kuşlarla filleri deviren kudret, seni de bulunduğun durumdan çıkarıp, yüreğindeki dertleri devirecek elbet. Tasalanma sen.

Sen şükür biriktir hep gönlünde. Gün gelir bir el tutar elinden. Sonra birbirinizin cenneti olursunuz.

Hep yanlış insanlar çıktı karşına değil mi? Hep iyi zannettiklerin kötü çıktı. Ne zaman "işte aradığımı buldum" desen o da diğerleri gibi çıktı. Ne zaman güvensen güvenini boşa çıkardılar. Ne zaman değer versen pişman ettiler seni. Kime inandıysan yanıldın. Kiminle yola çıktıysan yolun yarısında bıraktı seni. Kırdılar seni, kırdılar, çok kırdılar. Umudunu tükettiler, insanlara olan güvenini yitirmeni sağladılar, biliyorum. Şöyle bir geçmişine bakınca hep pişmanlık görüyorsun değil mi? Hep kırgınlıklar görüyorsun, seni kıran insanlar geliyor gözünün önüne. Hayattan bıkıp içine kapanıyorsun ve doğru insanı hiç bulamayacağını düşünüyorsun. Çünkü o kadar çok kırıldın ve yanıldın ki, inancın kalmadı artık. Bu hayatta doğru insan var mı acaba diye merak ediyorsun, inanmak istiyorsun, doğru insanların olduğuna inanmak...

Evet, bir yerlerde doğru insanlar var. O doğru insanı bulana kadar çok kırılacağız belki. Belki çok kişi girip çıkacak hayatımıza, çok kişiye güveneceğiz ve yanılacağız. Çok kişi üzecek bizi belki. Yola çıktığımız insanlar yolda bırakacak, yarım bırakıp gidecekler. Ama gün gelecek nasibinde olan o doğru insan karşına çıkacak. Sen hep şükür biriktir gönlünde. Gün gelecek bir el tutacak elinden, birbirinizin cenneti olacaksınız. Onu bekle. O tam zamanı geldiğinde karşına çıkacak. Tabi bu zamana kadar kaç defa kırılır, kaç defa yanılır, kaç defa yarım bırakılır, kaç defa üzülürsün bilemiyorum ama onların hepsi senin sınavın olacak.

Ve bir gün o geldiğinde, "ben şimdiye kadar başladığımı sanmışım ama hiç başlamamışım aslında" diyeceksin. Güvendiğimi sanmışım ama yanılmışım, sevdiğimi sanmışım ama yanılmışım, sevildiğimi sanmışım ama yanılmışım, hayatımda biri var sanmışım ama yalnızmışım diyeceksin. Çünkü karşına çıkacak o kişi güvenin ne demek olduğunu, sevginin ne demek olduğunu, bir hayatı iki kişi yaşamanın ne demek olduğunu sana öyle bir gösterecek ki ben bunları hiç yaşamamışım diyeceksin. Ben bunları sadece yaşadığımı sanmışım zamanında diyeceksin. Öyle huzur verecek sana, öyle güven verecek ki kendini ona emanet edeceksin. "Artık üzülmek yok, artık mutsuz olmak yok" diyeceksin kendine, "artık mutlu olma vakti" diyeceksin. Yeter ki şükür biriktir gönlünde sen, yeter ki isyan etme yaşadıklarına, yaşadığın her şey için şükret.

Ufukta hayat var senin için, senin için başlayan yeni bir gün var. Senin için atan bir kalp var ufukta, bir yerlerde seni bekliyor şu an, zamanını bekliyor. Karşına çıkacağı zamanı bekliyor bir yerlerde.

İsyan etme.

Sen yeter ki şükür biriktir gönlünde...

Ve sonra dedim ki; Allah bazı şeylerin mükafatını cennete bırakmıyor!

Bu dünya imtihan dünyası, bu dünya ebedi olarak yaşayacağımız bir yer değil. Her canlının ölümü tadacağı bu dünyadan bir gün hepimiz göçüp gideceğiz. Ebedi hayat öldükten sonra başlayacak ve biz bu dünya da ne yaptıysak öldükten sonra bunun karşılığını alacağız. Bu dünyada ne ekersek onu biçeceğiz aslında.

Ama Allah öyle büyük, öyle büyük ki, bazı kullarının mükafatını cennete bile bırakmıyor. Çünkü o kulları öyle çok hak ediyor ki bir an önce mutlu olmayı hemen veriyor onların gönlüne mutluluğu. Her zaman sabır derim ben, her zaman dua derim. Her zaman inanmaktan bahsederim ben. Yine söylüyorum, inan kardeşim inan. Senin gönlün temiz olsun hep, senin niyetin temiz olsun. Attığın her adımda kendi menfaatini düşünme sakın. Allah için at adımını. İyi bir insan olursan Allah senin yaptıklarını kesinlikle zayi etmiyor. Çok yaşadım ben. Ne zaman bir iyilik yapsam bana bir şekilde karşılığı geliyor. Ne zaman iyi bir şey yapsam yolumun açıldığını görüyorum. Ne zaman dua edip Allah'a bıraksam huzur dolduğumu görüyorum. Allah'a teslim olmak huzur veriyor. İnanmak huzur veriyor insana.

Ve ben Allah'ın bazı şeylerin cezasını cehenneme bırakmadığını da görüyorum her zaman. Kim birinin ahını alıyorsa o kişinin de perişan olduğunu görüyorum sonra. Kim birinin arkasından plan yapsa planların boşa çıktığını, kurduğu oyunların bozulduğunu görüyorum. Kötü insanların bir türlü iki yakasının bir araya gelmediğini görüyorum. Hani Allah'ın ceza vereceğinden şüphe ediyorlar ya? Hani Allahtan hiç korkmadan kalp kırıp, kötülük yapıp, insanların arkasından iş çeviriyorlar ya? İşte onlara Allah bu dünyada da öyle şeyler yaşatıyor ki, çekiyorlar yaptıklarının bedelini. Allah aynı şeyleri yaşatıyor onlara. İşte Allah bazı insanların iyiliklerinin karşılığını cennete, bazı insanların kötülüklerinin karşılığını ise cehenneme bırakmıyor. İçin rahat olsun senin. Eğer biri senin kötülüğün için uğraşıyorsa, seninle uğraşıyorsa Allah onu görüyor. Senin yüzüne karşı yapılanı da, arkandan yapılanları da görüyor. Bunun için sen kendi yaptıklarınla ilgilenmelisin. Sen kalbiniz temiz, niyetini temiz tutmakla ilgilenmelisin. Farkında olduğun ya da olmadığın tüm kötülükleri Allah'a havale et, her türlü kötülükten Allah'a sığın. Bak o nasıl meleklerinden duvar örüyor senin etrafına. Nasıl da koruyor yüreği güzel kulunu. Allah hiç kalbi temiz, yüreği güzel kulunu ezdirir mi? Allah hiç kalbi temiz güzel kulunu hak ettiği şeylerden mahrum bırakır mı? Bırakmaz kardeşim, emin ol.

Sen yeter ki temiz kalpli ol, güzel yürekli ol, inanmaktan vazgeçme. Dua etmekten ve sabırdan vazgeçme.

İyilerin mükafatı yakındır, unutma bunu.

Seni kaybetmeyi başaranı, asla kazanmak için uğraşmayacaksın.

Genelde böyle olur hep. Bir taraf daha fazla uğraşır, bir taraf daha fazla emek verir bitmesin diye. Bir taraf daha fazla alttan alır, daha çok değer verir. Ve o taraf hep sen olursun. Kırılan, üzülen hep sen olursun. Böyledir. Bir taraf hep daha fazla acı çeker.

Peki seni kaybetmeyi başaran, üstelik kaybettikten sonra tekrar kazanmak için hiç uğraşmayan biri için sen neden uğraşıyorsun Allah aşkına? Sen elinden geleni yaptın her zaman. Onu kırmamak içini onu mutlu etmek, ona huzur vermek için elinden geleni yaptın. Her şey güzel olsun diye uğraştın hep. Birlikte olmak için çaba harcadın. Ama o ne yaptı? Seni kaybetmeyi başardı. Kendini hafife alma hiçbir zaman.

Sen taş mısın? Senin de bir kalbin var, sen de kırılıyorsun, sen de yoruluyorsun bu hayatta. Peki hak etmediğin halde sana bunları yaşatan bir insan için neden uğraşıyorsun? Bırak o uğraşsın sana bunları yaşattığı için. Bırak o telafi etmeye çalışsın bazı şeyleri. Sana hak etmediğin şeyleri yaşatan insanlar için boşuna uğraşma artık. Seni mutsuz eden insanlar için boşuna uğraşma artık. Yükün bir ucundan da o tutmalı. Sadece senin çabalarınla yürümez mutluluk, tek taraflı yürümez hiçbir ilişki.

Bırak seni kaybeden uğraşsın seni kazanmak için, sen değil!

“Sağlam bir dost, insana verilmiş en kıymetli emanettir.”

Ne güzeldir bir insanın sağlam dostları olması, canının bir parçası olurlar âdeta. Ne mutlu anlarında ne de mutsuz anlarında seni yalnız bırakan o güzel dostlar yok mu, iyi ki var onlar. Canın ne zaman sıkkın olsa gözlerinden anlar sağlam dost dediğin. İstersen saklamaya çalış, hiç önemi yok. Sağlam dostlar gözlerinden anlar senin nasıl olduğunu, ne yapar ne eder öğrenir sıkıntını. Seninle birlikte üzülür, seninle birlikte sıkıntın için çare arar, dua eder. Sağlam dost senin olmadığın yerlerde de seni savunandır, arkandan kuyu kazmayan, arkandan konuşmayandır. Sağlam dost âdeta bir duvar gibidir yanında, yaslanırsın ona, içini dökersin. Huzur verir sana moral verir.

Böyle dostların varsa hayatında, onları sakın kaybetme. Çünkü onlar sana verilmiş en kıymetli emanettir.

Etrafında onlarca sahte insanlar varken böyle dostlarının değerini bil. Çünkü her insanın hayatında çok az sağlam dostu vardır. Dost bildiği çoktur ama gerçekten dost olan çok az insan vardır. Kimileri tamamen kuru kalabalıktır, dost gibi görünen ama aslında öyle olmayan ne çok insan vardır etrafımızda bilirsin. Yüzüne gülüp arkandan kuyunu kazan bir çok dost bildiğin kişiler olmuştur mutlaka. Ama senin derdini dert edinen, mutluluğunu kendi mutluluğuna katan kaç kişi olmuştur ki hayatında? Kaç dostun var ki senin için her şeyi yapabilecek? O yüzden sağlam dost insana verilmiş en kıymetli emanettir diyorum. Çünkü gerçekten onlardan çok az olduğunu biliyorum. Sağlam dostun gizlisi saklısı olmaz senden. Sağlam dost sana yalan söylemez. Senin kötülüğünü hayatta istemez gerçekten sağlam dostun. Sana bir şey olsa içi acıyandır sağlam dost. Dışardan bakınca üzülen ama içinden oh çekenler değil. Başarılıysan yaptığın işte, sağlam dost dediğin seninle gurur duyar ve sen bunu gerçekten hissedersin. Onları kaybetmemelisin.

Rabbim bizi dost görünen düşmanlardan koru.

Seveceksen; hevesin geçene kadar değil, ömrün bitene kadar seveceksin.

Herkesin harcı değildir sevmek. Herkes seviyorum der, herkes seviyorum zanneder. Çocuk oyuncağı değildir sevmek. Seviyorum derken kırarsın, yaralarsın, ah alır gidersin. Bir anlık heves uğruna seviyorum diyemezsin. Seviyorsan her zaman arkasında olacaksın sevginin, zoru görünce kaçmayacaksın, kırmayacaksın sevdiğini. Yarım bırakmayacaksın, yolda bırakmayacaksın seviyorum dediğin insanı.

Başlangıçta herkes ömür boyu yanında olacağım der, seni mutlu etmek için elimden geleni yapacağım der. Bir sürü sözler verir de hiçbirini tutmaz çoğu insan. İnanırsın o sözlere, inanırsın ve bir yola girersin o insanla. Sonra bir bakarsın ki ne verilen sözler tu-

tuluyor, ne de hak ettiğin değer veriliyor sana. Şaşırıp kalırsın. Anlarsın ki hiç kimse değişmez değildir. Hiç kimse yalan söylemez diye bir şey yoktur.

Nefesim bitene kadar seni seveceğim diyenler, hevesi bitene kadar severler.

Sen nereden bilebilirsin böyle olacağını? Bu kadar zalim olabileceklerini nereden bilebilirsin? Kırmayın kardeşim, kırmayın! Güzel kalpli insanları kırmayın. Size inanıp, size güvenip bir yola çıkan insanları yarı yolda bırakmayın.

Almayın kardeşim, almayın! Yüreğini size döken, gönlünü size kaptıran insanların ah'ını almayın. Ahın bulamayacağı adres yoktur. Aldığınız ah'lar nereye giderseniz gidin peşinizden gelir sizi bulur.

Ve unutmayın, yaşattığınızı yaşamadan ölmezsiniz. Allah güzel kalbi olan insanların zalimce kırılmasına izin vermez. Allah güzel kalbi olan insanları üzmenizin bedelini mutlaka ödetir. Seviyorum demeyin. Eğer gerçekten sevginin hakkını veremeyecekseniz, demeyin kardeşim. Üzmeyin boşuna insanları, kırmayın boşuna insanları. Boşuna umut vermeyin tertemiz kalpli insanlara. Siz de kırılırsınız bir gün, siz de yaşarsınız aynısını. O zaman ne demek olduğunu anlarsınız kırılmanın. Sonuna kadar gidemeyeceğiniz yollara girmeyin hiç kimseyle. İyi düşünün bir insanla yola çıkarken.

Ya o yola hiç girmeyin, ya da o yoldan hiç dönmeyin. Seven insan dönmez çünkü çıktığı yoldan. Gerçekten sevmek her şeye rağmen bırakmamaktır. Korkup kaçmak, pes edip gitmek değildir.

Gerçekten seven insan nasıldır biliyor musun? Senin saçının bir teline bile zarar gelse içine dert olandır seven insan. Senin saçının bir teline zarar gelse uykuları kaçan, huzursuz olandır gerçekten seven insan. O halde üzülmeyeceksin gerçekten sevmeyen insanlar için. Üzülmeyeceksin şimdiye kadar sadece rol yapan insanlar için. Üzülmeyeceksin seni bu hale sokan, seni perişan eden insanlar için. Üzülmeyeceksin! Sevmeyeceksin kardeşim! Sevmeyeceksin seviyormuş gibi yapanları. Sevmeyeceksin mücadele etmekten korkanları. Sevmeyeceksin yarı yolda bırakıp gidenleri. Sevmeyeceksin seni mutlu etmek yerine, mutsuz edip gidenleri. Sevmeyeceksin hayatına sadece kendi hevesleri uğruna girenleri. Sevmeyeceksin sana yeterince güven vermeyenleri, sevmeyeceksin kardeşim! Girmeyeceksin kardeşim! Girmeyeceksin sen de mutlu edemeyeceğin bir insanın hayatına. Girmeyeceksin sonuna kadar yürüyemeyeceğin yolllara. Girmeyeceksin temiz kalbi olan insanların hayatına. Girmeyeceksin huzur vermeyeceksen. Girmeyeceksin yarı yolda bırakıp gideceksen. Girmeyeceksin ah'ını alacaksan. Girmeyeceksin masum insanların günahına. Girmeyeceksin!

Bunun bedelini çok ağır ödersin girersen. Sana

da bir başkası aynı acıları yaşatır bir gün. Seni de kırarlar bir gün. Kafanı yastığa huzurlu bir şekilde koyamazsın hiçbir gün. Seni sevip, sana güvenip yarı yolda bıraktığın insanın ahıyla yaşayamazsın hiçbir zaman.

Arkanda hiçbir zaman gözü yaşlı birini bırakma. Arkanda hayatını mahvettiğin insanlar bırakma. Onlara yaşattıklarını yaşamadan ölmezsin, unutma. Girme kardeşim girme. Mutlu edemeyeceğin insanın hayatına girme. Yarı yolda bırakacağın insanla yola çıkma.

Şimdiye kadar yaşadıklarını unut. Onları hatırlamak sana sadece zarar verecektir. Seni yarı yolda bıraktığını düşün ve onunla teselli ol. Allah sana onun gerçek yüzünü gösterdiği için teselli et kendini. Çok daha geç görebilirdin çünkü onun gerçek yüzünü. O zaman çok daha fazla üzülecektin. Ne kadar erken görürsen bir insanın gerçek yüzünü o kadar çabuk toparlarsın kendini ve hayatını.

Boş ver, bırak giden gitsin.

Gerçekten seven birini kovsan bile gitmez. Gerçekten seven biri yarım bırakmaz kimseyi. Seni yarım bırakanların eksiklerini tamamlayan birini bulursun mutlaka. Senin değerini bilmeyip gidenler hiç merak etmesin ki, senin değerini gerçekten bilen biri çıkacaktır bir gün karşına. Seni yarı yolda bırakmayacak kadar yüreği olan biri çıkacaktır karşına.

Üzülme, yüreğini ferah tut sen...

Bir gün biri gelir ve seni öyle mutlu eder ki,
daha önce kimin seni ne kadar mutsuz ettiği
umurunda bile olmaz.
Çünkü Allah kötüleri uzaklaştırır,
iyileri yakınlaştırır.

**Şunu sakın unutma!
Seni mutsuz eden insanlardan hızlıca uzaklaşmak, mutlu olmak için ilk adımı atmak demektir.**

Mutsuz olmayı istemiyoruz ama mutsuz edenlerden de ayrılamıyoruz hiç nedense. Aslında biz izin veriyoruz kendi mutsuzluğumuza, biz istemezsek kimse bizi mutsuz edemez. Vazgeçmeyi bilmiyoruz biz. Bizi mutsuz ettiğine inandığımız insanlardan uzaklaşmamız lazım kendi iyiliğimiz için. Çok insan tanıyorum ben. Hepsi de şunu söylüyor; "mutsuzum ama seviyorum, ne yapayım?" Yapılacak şey gayet açıktır aslında. Seni mutsuz eden insanla neden devam edersin ki, neden zorlarsın ısrarla mutlu olmak için? Olmuyorsa olmuyordur, boşa ısrar sana fayda getirmez. Bunu açık ve net gördüğün halde neden devam etmenin tek sonucu olacaktır, mutsuzluk. Eğer seni mutsuz eden insanlardan vazgeçmeyi, uzaklaşmayı öğrenmezsen mutluluğa yaklaşamazsın. Eğer bir insanın seni gerçekten üzdüğünü anlıyorsan, ondan uzaklaşma vaktin gelmiştir artık.

Seni mutsuz edenden uzaklaşmazsan seni mutlu edecek olanla karşılaşamazsın.

Böyle bir noktada seçimini yapmak zorundasın artık. Sana hayatında öylesine olacak biri lazım değil. Sana hayatında huzur verecek, seni mutlu edecek biri lazım. Yanında güzel duygularla dolacağın, huzuru bulacağın birinin olması lazım. Bunun olması için de önce senin buna hazır olman lazım. Seni mutsuz eden biriyle olduğun sürece sana huzur verecek birine, seni mutlu edecek birine yer yok hayatında. Eğer mutsuzsan, eğer hayatında olan kişi seni mutsuz ediyorsa onu boşuna hayatında tutmanın bir anlamı yok. Kalbindeki insan seni mutsuz ediyorsa boşuna kalbinde tutmanın anlamı yok onu. O kalbi boşuna seni hak etmeyen biri için yorma. Çıkar kabinden gereksiz insanları, çıkar ki o kalbi hak edecek biri gelip bulsun seni. Mutlu olmak istiyorsan mutsuz edenden uzaklaş önce, sil hayatından seni mutsuz edenleri. Yeni bir sayfa aç kendine ve bekle. Bekle ve o kalbini hak edecek insanlar gelsin.

Uzaklaş seni mutsuz eden her şeyden. Seni mutlu edebilecek kişilerle paylaş yüreğinin güzelliklerini. Kendini yorma boşuna, yorma yüreğini.'

Seni mutsuz eden insanlardan hızlıca uzaklaşmak, mutlu olmak için ilk adımı atmak demektir, unutma!

Bazı insanlar hayatınızdan değil, aklınızdan gidene kadar gitmiş sayılmazlar.

Bazı insanlar giderler ama izleri kalır, esnin de mutlaka hayatında vardır mutlaka böyle insanlar. Yıllarca birlikte olduğun sevgilin de olabilir bu, yıllarca yanında olan bir arkadaşın da. Yaşanmışlıklar vardır. Yaşadığını güzel anlar vardır, bir anda unutulamayacak anılar vardır. Sonra bir şey olur ve hayatından giderler. Aklında kalır yaşanan, paylaşılan güzellikler. Onunla gittiğin bir yere gidersin, aklına o gelir örneğin, onun sevdiği bir şarkıyı dinlerken özlemle dolarsın. Onun sevdiği bir yemeği yemeye kalkarsın, boğazından geçmez. Belki de bazen bir yerlerde karşına çıkar, onu görünce hiçbir şey olmamış gibi davranamazsın. Kolay değildir bir anda kafandan silip atmak. Gitmek hiç önemli değil ki, hemen şimdi biri çıkar gider hayatında. Önemli olan aklından, yüreğinden gitmesidir, meselenin en zor kısmı budur aslında.

Hayatımızdan gidenler kafamızdan, kalbimizden gitmediği sürece gitmiş sayılmazlar.

Peki nasıl olabilir ki bu? Nasıl olur da yıllarca yanımda olan bir insanı iki günde unutabilirim diyorsun belki de şu an. Kolay değil elbette. Bu zamanla kendiliğinden olacaktır. Bir başkası gelir hayatına girer ve seni öyle mutlu eder ki daha öncekini unutursun. Öyle huzur verir, öyle güven verir, öyle sever ki seni daha önceki aklına gelmez artık. Artık sadece mutluluğuna odaklanırsın. Artık sadece seni mutlu eden insana odaklanır mutluluğun, huzurun ve güzelliklerin tadını çıkarırsın. Herkes bir süre sonra kendi hayatına devam eder. Kanun böyledir. Hayat böyledir. Bunu kabullenir ve böyle unutur insan hayatından çıkanları.

Ömür boyu yalnız kalamazsın bu hayatta, kalmanın da bir anlamı yok zaten. Hem belki de daha mutlu olacaksındır, ayrılmanız bazı şeylere vesile olmuştur. Eğer aklında biri varsa şu an eğer tekrar bir araya gelmeniz nasip değilse zaten bir araya gelmezsiniz. Ve iki taraf da bir süre sonra kendi yoluna gider, yeni başlangıçlar yapar. Eskiler silinir benliğinden, yeni başlangıçlar ile yola devam edilir.

Aklından gitmeyen biri varsa içini ferah tut sen.

Zaten tekrar bir araya gelmeniz nasipse gelirsiniz, buna kimse ya da hiçbir şey engel olamaz. Ama nasip değilse herkes yeni bir sayfa açmaya başlar ve geçmiş gitgide daha da unutulan anılardan ibaret kalır. Artık aklında olan tek şey mutlu olmaktır.

Allahım, unutmak zorunda kalmayacağımız insanları çıkar karşımıza.

Öyle biri gelsin ki hayatına; yarı yolda bırakıp geçmişin olacak değil, bir ömürlük geleceğin olacak biri olsun.

Öyle biri gelsin ki artık hayatına, geçmişte yaşadığın herkesi unuttursun sana. Geçmişteki kırgınlıklarını, kızgınlıklarını unuttursun. Seni kıran insanları, hayatına girip seni perişan eden insanları unuttursun. Güvendiğin ve sonradan seni güvendiğine pişman eden insanları unuttursun. Sevdiğin ama sonradan sevdiğin için pişman olduğun insanları unuttursun. Değer verdiğin ama verdiğine vereceğine pişman eden insanları unuttursun sana.

Öyle bir insan gelsin ki, gözlerine baktığında seni ne kadar sevdiğini görebilesin. Yanında olduğu zaman kendini güvende hissedebilesin. Elinden tuttuğunda ne kadar zor olursa olsun gideceğiniz yol, ne kadar sıkıntılar olursa olsun, o yolun sonuna kadar seninle gelebilecek biri olsun. Öyle biri gelsin ki, sana huzur versin, huzur. Daha önce kimsenin vermediği kadar huzur versin. Öyle güzel şeyler yaşatsın ki sana yaşadığın her şey için şükretmeni sağlasın. Yanında olsun hep. Seni hiçbir zaman yarı yolda bırakmasın. Senin kalbini kırmaktan, seni üzmekten korkan biri olsun. Seni mutlu etmek için elinden geleni yapmaya hazır olan biri olsun. Gözü senden başka hiçbir şeyi görmeyen biri olsun. Seni aldatmayan, sana boş yere ümit vermeyen biri olsun. Sadece söz veren değil, sözlerini tutan biri olsun. Öyle biri gelsin ki hayatına, senin için en hayırlı olanı olsun. Yanındayken kendini iyi hissettiğin biri olsun. Yanında olmadığın zamanlarda aklına kötü bir şey getiremeyeceğin kadar güven veren biri olsun. Kalbi temiz olsun. Her şeyden önce kalp temizliği var ya, o çok başka bir şey. Yüreği temiz, niyeti temiz biri olsun. Seni incitmekten, kırmaktan korksun. Senin en ufak bir sıkıntın olduğunda bunu kendi sıkıntısı bilip seninle üzülen biri olsun. Mutlu anlarında, başarılarında seninle birlikte mutlu olan biri olsun. Gözü de gönlü de hep sende olan biri olsun. Zamanla değişmeyen, ilk gördüğünde neyse hep öyle devam eden biri olsun. Sana hiç yalan söylemeyen, senden hiçbir şeyi saklamayan biri olsun.

Özü de sözü de bir olsun.

Öyle biri gelsin ki, "dünyada hâlâ böyle insanlar kaldı mı?" dedirtsin sana. "Çok şükür Rabbim'e, seni benim karşıma çıkardı" diye dua ettirsin sana. Öyle biri gelsin ki, öyle güzel şeyler yaşatsın ki sana, "Allah'ım bu mutluluğumuza engel olacak bir şey çıkarsa, ne olur engel ol" diye dua etmeni sağlasın. Öyle biri gelsin ki onun yanında kendini rahat hisset. Onun yanında mutlu olduğunu, gerçekten sevildiğini hisset. Öyle biri gelsin ki, hayatın boyunca onunla yaşa, hayatın boyunca onun yanında olmaktan zevk al. Hiç sıkılma onun yanında. Öyle biri gelsin ki bütün geleceğin olsun, iki gün sonra gidenlerden olmasın. Yarı yolda bırakıp gidenlerden, aldatanlardan, yalan söyleyenlerden, söz verip sözünü tutmayanlardan olmasın. Güven verip sonra güvenini boşa çıkaranlardan olmasın. Oskarlık oyuncular gibi oyun oynayıp, seni paramparça edip gidenlerden olmasın. Seni mutsuz etmekten korkmayanlardan, bunu umursamayanlardan olmasın.

Öyle biri gelsin ki, geçmişte yaşadığın tüm kötü şeyleri, geçmişte tanıdığın tüm kötü insanları unuttursun sana. Gerçekten sevmenin, gerçekten değer vermenin ne demek olduğunu göstersin. Nasıl mutlu edilir, nasıl huzur verilir göstersin sana. Güzel şeyler yaşatmasını bilenlerden olsun.

Çünkü insanların ne söylediği değil, ne yaşattığı önemlidir.

Öyle biri gelsin ki hayatına, senden bir parça kopartanlardan değil, eksik parçalarını tamamlayanlardan olsun. Bundan sonraki hayatında da huzurlu olmanı sağlayan biri olsun, inşAllah...

Sen Allah'a havale et her şeyi ve için rahat bir şekilde yoluna devam et. Allah kimsenin ahını kimsede bırakmaz, merak etme.

Hani o seni kıranlar var ya, senin duygularını umursamadan, sadece kendini düşünenler, gözünü kırpmadan seni incitenler...

İşte gün gelecek onlar da aynı şekilde kırılacaklar, aynı yerden canları yanacak onların da. Allah aynı şeyleri onlara da yaşatacak çünkü Allah kalbi temiz olanın kırılmasına müsaade etmez. Senin ahını alanların vicdanı senin kadar rahat olamayacak hiçbir zaman. Sen doğru bildiğin yoldan şaşma yeter. Seni de kırdılar diye, bir başkasını kırmaya çalışma sen, bir başkanı üzmeye çalışma sakın. Seni üzenler, nasıl ki sana kötü şeyler yaşatanlar yaşattıklarını aynı şekilde yaşayacaklarsa, sen de yaşarsın emin ol. Sen iyi ol yeter ki, iyilikten ayrılma, bırak sana kötülük yapsınlar. Bunu yapanlar er ya da geç karşılığını bulacaktır. Sen unutsan bile Allah unutmaz, üzülme. Arkandan iş çevirmeye kalkanlar var mesela, yüzüne gülüp arkandan oyunlar kuranlar var ya hani, işte onların oyunlarını bir bir bozacak Allah, hepsinin sana karşı çevirdiği oyunları başlarına yıkacak. Senin kalbinin temizliği Allah'ın seni koruması için yeterli olan nedenlerden bir tanesidir. Sen böyle saf, böyle temiz olduktan sonra kimsenin kötülüğü işlemez sana, sana yaşattıkları yanına kalmaz kimsenin, endişe etme sen.

Seni ağlatan insanların güleceğini mi sanıyorsun?

Seni mutsuz edenlerin mutlu olacağını mı sanıyorsun?

Senin ahını alıp bir başkasıyla mutlu olamaz kimse. Sana kötülük yapıp hiçbir şey olmamış gibi hayatına devam edemez. Allah bir gün onlara öyle bir şey nasip eder ki, hepsinin aklına sen gelirsin, seni ne kadar kırdıklarını anlarlar o zaman. Yeter ki o güzel gönlünü ferah tut sen. Kötülük yapanlar karşılığında kötülük, iyilik yapanlar karşılığında iyilik bulur. Allah kötülük yapanların cezasını nasıl veriyorsa, iyi olan insanların mükafatını da er ya da geç veriyor.

Sen bu yüzden içini ferah tut diyorum. Bu yüzden iyi niyetinden asla vazgeçme diyorum.

Bu yüzden o güzel kalbini hep temiz tut diyorum. İşte bu yüzden bırak, sana kötülük yapsalar da sen iyi olmaktan vazgeçme diyorum. Çünkü Allah sana kötülük yapanlara layığını vereceği gibi, senin de yorulan kalbine, kırılan kalbine en güzel hediyeleri gönderecektir. İyi olmanın mükafatını almayacağını mı sanıyorsun sen?

Tabi ki alacaksın. Allah gönlüne göre versin derler ya hani? İşte Allah senin o güzel gönlüne göre olanı verecektir, ben buna inanıyorum. Çok iyi insanlar gördüm ben, hep kırılan, hep kötü şeyler yaşayan. Ama sonunda mutlu olduklarını da gördüm o iyi insanların. Senin için de öyle olacak, er ya da geç mükafatını alacaksın.

Allah'a havale et sen her zaman. Ne yaşarsan yaşa, ne yaşatırlarsa yaşatsınlar, Allah'a havale et.

Allah plan yapanların en hayırlısıdır.

Allah senin için de en hayırlı planları yapacaktır. Bırak insanlar senin için kötü planlar yapsın. Allah hepsini bozar emin ol. O'na güven sen sonuna kadar. O'ndan iste ne isteyeceksen. Ona şikâyet et seni üzenleri, ona şikâyet et sana kötülük yapanları. O gereğini yapacaktır, hiç şüphen olmasın.

?

En kötüsü de ne biliyor musun?

Hiç beklemediğin insanlar
seni hayal kırıklığına uğratır.

Canım dediğin insanlar canını yakar.
Düşmanın en tehlikelisi
belki de içimizde olanlardır.

Bir kadının gözlerindeki gülümsemenin sebebi olursan, kazanırsın.

Bir kadının veya bir insanın gözlerindeki gülümsemenin sebebi olmak o kadar güzel bir şeydir ki. Onun mutlu olmasına neden olmak, ona huzur vermek o kadar güzeldir ki, her zaman bunun karşılığını görürsün. Mutluğu ettiğin bir kadın asla yarı yolda bırakmaz seni. Kırmadığın, üzmediğin bir kadın asla yanıltmaz. Ama bir kadının gözlerinden yaş akmasına sebep olursan, o gözlerden akan her yaş sana bir veda ediştir aslında. Ve o gözlerden akan her damla yaşın hesabını Allah sorar sana, emin ol. Çünkü mutsuz ettiğin kadar mutsuz olursun. Kimi mutsuz ettiysen, onun bedelini sen de mutlaka ödersin. Seni de kırarlar, seni de üzerler, senin de ağlamana neden olurlar, merak etme.

Mutlu edemeyeceğiniz insanların hayatına girip, onları yanıltmayın. Kırmayın boşuna. İçi boş umutlar vermeyin kimseye, ah almayın. Aldığınız ahlar peşinizden gelir sizi bulur, bunu aklınızda tutun her zaman.

Bir kadını mutsuz edip bir başka kadınla mutlu olacağınızı sanmayın sakın. Pişman olursunuz ama iş işten geçer, özür dilemeye bile yüzünüz kalmaz. Bir kadını üzmeden önce bunları bilerek yaşamalı. Peygamber efendimizin kadınlara iyi davranılması üzerine verdiği öğütleri de unutmadan, ilişkilerimizi iyilik ve dürüstlük çerçevesinde kurmak ve başımıza gelmesini istemeyeceğimiz şeyleri asla başkalarına yaşatmamak en erdemli davranışlardandır.

Bir kadının gözünden akan yaşın sebebi olmayın, gözündeki gülümsemenin sebebi olun. Eğer olamayacaksınız da girmeyin onun hayatına, günahına girmeyin. Mutlu edemeyeceksiniz uzak durun mutlaka. Eğer gerçekten mutlu etmek istediğin bir kadınsa, gerçekten sevdiğin, gerçekten yanında olmak istediğin bir kadınsa, o zaman durma gir onun hayatına ve onu mutlu etmek için, onun gözlerinin gülmesini sağlamak için elinden geleni yap. Göreceksin, onu mutlu ettikçe sen de mutlu olacaksın, onun gözleri güldükçe senin de gözlerin gülecek. Buna inanarak her zaman hayatında olan kadını mutlu etmeye çalış.

Allah herkesin hayatına ağlama nedeni olacak insanları değil, gülümseme sebebi olacak insanları versin.

Seveceksen...

Seveceksen seni hatalarınla seven birini seveceksin. Seni değiştirmeye çalışan birini değil, seni sen olduğun için seven birini seveceksin. Kafası karışık olan birini değil, net olan birini seveceksin. Seveceksen sadece yüzü güzeli değil, gönlü güzel olanı seveceksin. Seveceksen senin sevdiğin kadar, seni sevecek olanı seveceksin. Senin verdiğin değeri sana vereni, senin güvendiğin kadar sana güvenen birini seveceksin. Sana değer vermeyen, sana güven vermeyen, seni sevmeyen insanları sevmeyeceksin. Üzülmek istemiyorsan sevmeyeceksin öylesini. Hiçbir şey senin mutluluğundan önemli değil, hiçbir şey senden değerli değil unutma bunu. Sen uğraşırken, sen çabalarken hiçbir şey için uğraşmayan insanları sevmeyeceksin. Seveceksen seninle birlikte mücadele eden birini, seninle birlikte mutlu olmak için uğraşan birini seveceksin, öylece bakan birini değil. Seveceksen iyi hissetmeni sağlayan insanı seveceksin, kendini kötü hissetmeni sağlayan insanları değil. Seveceksen yüreği olan insanları seveceksin, çünkü yürekli insanlar kimseyi yarı yolda bırakıp gitmez. Seveceksenkalbi temiz insanları seveceksin, kalbi fesat insanları değil. Çünkü kalbi temiz insan seni hiçbir zaman üzmez, senin mutluluğun için uğraşır. İçinde kötülük olmaz onun. Seveceksen iyi gününde de, kötü gününde de yanında olacak birini seveceksin, iyi gününde yanında olup kötü günündc yok olan insanları değil. Çünkü senin en kötü günlerinde yanında olan insanlar her zaman yanında olurlar, unutma bunu. Seveceksen gülümseme sebebin olanları seveceksin, ağlama nedenin olanları değil. Çünkü seni gülümseten insanlar her zaman huzur verirler sana, mutlu olmana neden olurlar hep.

Seveceksen en az senin kadar kırılmış insanları seveceksin.

O da en az senin kadar kırılmış, üzülmüş biri olmalı. Çünkü daha önce kırılmış insanlar kırılmanın ne demek olduğunu iyi bilirler. Çünkü daha önce kırılmış insanlar başkasını kırmaktan korkar, çekinirler.

Seveceksen böyle insanları seveceksin. Sana huzur veren, sana güven veren, seni mutlu edebilen, seni sen olduğun için, seni her şeyinle kabul edebilecek insanları seveceksin. Seveceksen sadece elini tutabileni değil, kalbine dokunabileni seveceksin. Gözlerine baktığında ve yaptıklarını gördüğünde tanırsın onları. Seni mutlu edebilecek insan uzaktanda olsa hissettirir sana bunu.

Seveceksen iyi hissettiren insanları seveceksin. Her insanın hatası olabilir, seveceksen hataları olmayanları değil, hatalarını anlayabilen, özür dilemesini, telafi etmesini bilen insanları seveceksin. Söz verip sözünün her zaman arkasında olan, sözünü tutanları seveceksin. Seveceksen seninle ilgileneni seveceksin, sürekli unutan, ilgisiz olan birini değil. Çünkü seven sevdiğini bir an bile unutmaz, elinden geldiğince ilgilenir.

Seveceksen iki günlük olanı değil, ömürlük olanı seveceksin.

Seveceksen seni incitmekten korkanı, az da olsa kıskananı seveceksin, seni umursamayan, ne yaptığını, nerede olduğunu önemsemeyen birini değil. Çünkü kabul etsen de etmesen de seven insan sevdiğini her zaman kıskanır.

Seveceksen birlikte üstesinden kolaylıkla gelinebilecek bir sorundan kaçanı değil, ne yaşarsanız yaşayın bunun için seninle birlikte savaşmayı göze alabileni seveceksin. Çünkü gerçekten seven biri senin için, seninle birlikte sonuna kadar savaşır. O engeli aşmak ve seninle yoluna devam etmek için uğraşır.

Seveceksen böylesini seveceksin. Gerisi zaman kaybıdır çünkü, gerisi yok yere üzüntüdür.

Hayat bana neyi öğretti biliyor musun?

Sahte sevgileri gördükçe, gerçekten sevenlerin değerini bilmeyi öğretti. Seviyormuş gibi yapanlara inanmamam gerektiğini, her seviyorum diyene inanmamam gerektiğini öğretti. Herkesin sevemeyeceğini öğretti, insanların bana ilk söylediklerine değil, son yaptıklarına bakmam gerektiğini öğretti. Gidene kal dememeyi, sevse zaten gitmezdi demeyi öğretti. Hayat bana yaşadıklarım için üzülmek yerine, hepsinden ders çıkarmayı öğretti. Kimsenin peşinden koşmamayı, "ben buradayım, isteyen gelir, isteyen gider" demeyi öğretti.

Tüm kalbiyle yanımda olanların değerini bilmeyi öğretti bana hayat.

Hiçbir şeyin imkânsız olmadığını ve hep umutlu olmam gerektiğini, her şeye rağmen sabretmeyi ve şükretmeyi öğretti. Olmadı diye sızlanmak yerine, hayırlısı demeyi öğretti. Kırılsam da, üzülsem de yere yığılmayı değil, ayağa kalkmayı öğretti bana hayat. Ne kadar sıkıntım olursa olsun şükretmeyi, onca derdin ortasında yine de "nasip" demeyi öğretti.

Hayat bana hiçbir şeyin imkânsız olmadığını öğretti. Eğer bir şeyin olacağı varsa olduğunu, olmayacaksa da zorlamanın anlamsız olduğunu öğretti. Hiçbir şeyin nasibin önüne geçmediğini ama bazı şeyler için de hemen pes etmemek gerektiğini öğretti. Mücadele etmem gerektiğini, çabalamanın değerini, sabırlı olmayı öğretti bana hayat. Acele ettikçe karıştığını gördüm her şeyin, her şeyin bir zamanı olduğunu öğrendim. O zamanı beklemeyi öğretti hayat.

Gülmeyi öğretti.

Ne kadar sıkıntım olursa olsun gülmeyi öğretti. Ağlasam da, kendimi parçalasam da bir şeyin değişmeyeceğini, tüm acılara rağmen gülmenin kıymetini, güçlü kalmanın, güçlü olmaya çalışmanın gücünü öğretti.

Gerçekten beni seven insanları kaybetmemem gerektiğini öğretti bana hayat. Sahte sevgileri de gösterdi, gerçekten sevenlerin kıymetini de. Yaşadım bunları, çünkü hayat gerçekten sevenlerin değerini ne şekilde olursa olsun öğrenmemi istedi. Seviyorum deyip sevmeyenlerin, beni mutsuz etmekten başka bir şeye yaramadığını öğretti. Gerçekten sevmeyen insanlarla geçirdiğim zamanın boşuna olduğunu, gerçekten sevmeyen insanların beni mutsuz etmekten başka hiçbir işe yaramadığını öğretti. Herkese güvenmemem gerektiğini de öğretti, kimsenin güvenini boşa çıkarmamayı da. Güven veren insanların kıymetini bilmeyi öğretti. Herkesi dost bilmemen gerektiğini öğretti bana hayat, dost gibi görünen düşmanlarımın da olabileceğini öğretti.

Gerçek bir dostun varsa onun değerini bilmenin önemini öğretti bana hayat.

Gerçek dostları kaybetmemem gerektiğini öğretti. Samimi insanların kıymetini bilmeyi, sürekli yalan söyleyen insanları hayatımdan çıkarmayı öğretti. Kimsenin güzel yüzüne bakıp aldanmamam gerektiğini, yüz güzelliğinden önce kalp güzelliğinin daha önemli olduğunu öğretti ve kalbi güzel olanı bulduğumda değerini bilmeyi, kaybetmemem gerektiğini.

Hayat bana herkesle yola çıkılmayacağını öğretti.

Bazılarının yolda bırakacağını, bazılarının ise yolun sonuna kadar benimle gelebileceğini öğretti. Benimle sonuna kadar o yolda yürüyecek insanlara şans vermem gerektiğini öğretti hayat, yolun yarısında kaçıp gideceklere değil. İnsanların yüreğine bakmam gerektiğini, niyeti temiz insanları hayatıma almam gerektiğini öğretti. Çünkü niyeti temiz olandan zarar gelmeyeceğini gördüm yeterince. Onlara karşı benim de iyi niyetli olmam gerektiğini öğretti.

Her şeye rağmen iyi biri olmam gerektiğini öğretti hayat.

Çünkü kötülerin kazanmış gibi görünüp, er ya da geç kaybettiklerini öğretti. İyilerin bir gün mutlaka iyi olmalarının mükafatını aldıkların, kötülerinse bir gün mutlaka yaptıklarının acısını çektiklerini öğretti. Kalbi temiz olan insanlara Allah'ın yardım ettiğini, onların yanında her zaman Allah'ın olduğunu gösterdi hayat.

İsyan etmemeyi öğretti.

Ne yaşarsam yaşayayım bunların hepsinin bir amacı olduğunu, hepsinin bir sınav olduğunu öğretti. Sıkıntılı anlarımda sabırlı olmayı öğretti, sabırla her sıkıntının üstesinden gelebileceğimi öğretti. Beterin beteri vardır, bunu öğretti hayat. Hiçbir zaman ben çok kötüyüm dememeyi, benden daha beterlerin de olduğunu öğretti. Kimsenin ahını almamam gerektiğini, ahın bulamayacağı bir adresin olmadığını öğretti.

Umudumu asla kaybetmemem gerektiğini öğretti.

Karşıma her türlü insan çıkabileceğini öğretti bana hayat. Sahte arkadaşlar, yalan sevgiler, sahte yüzler görebileceğimi öğretti. Bunların benim için bir imtihan olduğunu öğretti. Herkesten, her şeyden ders çıkarmam gerektiğini öğretti. Neden bunları yaşadım değil, iyi ki yaşamışım demeyi, yaşamasaydım bunları göremezdim, öğrenemezdim demeyi öğretti. Yaşadıklarımdan ders alıp daha da akıllanmayı öğretti bana hayat, aynı hataları ikinci kez yapmamayı öğretti.

Emek harcamadan hiçbir şeyin ayağına kadar gelmediğini öğretti.

Hak etmiyorsan, sahip de olamayacağını öğretti.

Aza şükretmeyi öğretti bana hayat. Başkasına ait olana göz koymamayı öğretti. Başkasına ait olanda gözüm olmadığı sürece bana daha fazlasını, daha iyisini verebileceğini gösterdi. Dua'nın gücünü gösterdi bana hayat.

Bana umut bağlayanların umudunu kırmamayı öğretti.

Ben nasıl birinin beni yarı yolda bırakmasını istemiyorsam, benim de birini yarı yolda bırakmamam gerektiğini öğretti.

Zor sınavların güçlü insanlar yetiştirdiğini, zor sınavlarımda daha da güçlendiğimi öğretti. Hepsinin benim için bir amacı olduğunu, hepsini yaşamamın bir nedeni olduğunu öğretti.

Bu hayatın geçici olduğunu öğretti.

Sevdiklerimin birer birer gittiğini gördüğümde anladım kimsenin bu hayatta kalıcı olmadığını. Kimileri buna dert, sıkıntı der. Ben buna sınav diyorum. Allah'tan gelen her şeye razı olmayı öğretti hayat, ne gelirse gelsin şükretmeyi öğretti. Düşünerek ve ne konuştuğumu bilerek konuşmayı öğretti.

Asıl huzuru Allah'ın verdiğini öğretti bana hayat.

İnsanlardan değil, Allahtan istemeyi öğretti. Ancak o isterse yaşarım bazı şeyleri, bunu öğretti. Ne kadar sevsem de bazı insanlardan vazgeçebilmeyi öğretti. Mutsuz olmaya devam etmektense vazgeçebilmeyi öğretti bana.

Her fırsatta ailemin değerini gösterdi. Canım yandığında benim için en çok ailemin üzüldüğünü, ne kadar zor durumda olursam olayım, herkes gitse de yanımda ailemin kalacağını ve hiçbir koşulda beni bırakmayacak kişilerin ilk önce ailemin olduğunu öğretti.

Bu hayatta "Seni hiç bırakmayacağım" sözüne inanmam gereken tek kişinin annem olduğunu öğretti bana hayat.

Çünkü bazı insanların bırakmayacağım dese de bırakabileceğini gösterdi. Ne zaman biri için üzülsem değmeyeceğini, ne zaman birine güvensem, bunu bir kez daha düşünmem gerektiğini öğretti. Ve ne zaman umudumu yitirmeye başlasam, içimi tekrar umutla doldurmam gerektiğini öğretti bana hayat.

Bu hayat bana çok şey öğretti.

Ama hepsinden önce, görmek isteyenler için bütün soruların cevabını, aslında gözümüzün önüne sermiş Rabbimin güzelliğini öğretti.

“

Yaşadığımız her şeyin
bir amacı olduğuna inanıyorum ben,
hayatımıza giren herkesin
bir amacı olduğuna.

İyiyse hediyen, kötüyse tecrüben olur
hayatına giren kişiler.
Şimdiye kadar hayatına giren
kötü insanların hepsi tecrüben oldu.

Geçmişte seni mutsuz edip
gidenler için üzülme lüksün
yok senin.

Onların sana öğrettiklerine, sana kattıklarına sevin, hediyen olan iyilerin değerini bil...

”

Dün neler yaşadığını düşünme artık.

Dün yaşandı, bitti, gitti, artık bugüne bak. Karşına daha ne insanlar çıkacak bilemezsin, ne insanlar hayatına girmek isteyecek, ne insanlar tanıyacaksın bundan sonraki hayatında. Geriye bakmayı bırak. Geride hep mutsuzluk var, geride kalanlar seni mutlu etmiş olsalardı şu an yanında olurlardı zaten. Bak, bugün yeni bir gün daha var karşında. Bugün bitecek ve yarın başlayacak. Her yeni gün yeni bir başlangıç demek. Bitenlere, gidenlere bakma artık, yeni başlangıçları düşün. Bugün kendine bir söz ver. Artık geçmişte kalan insanları, seni üzen insanları düşünmemek için söz ver kendine. Artık seni kimsenin üzmesine izin vermemek için söz ver. Herkese hemen güvenmeyeceğim, herkese hemen inanmayacağım diye söz ver kendine. Artık herkese hak ettiği değeri vereceğim, herkesi hak ettiği kadar seveceğim diye söz ver. Ve kendine olan sözlerini tut her zaman. Mutlu olmak istiyorsan yap bunu, kendine bir şans daha ver bugün. Yeni bir adım at mutlu olmak için. Belki de attığın bu adım bu sefer doğrusu olacak, belki de bu sefer bulacaksın huzuru, nereden biliyorsun? Denemeden hiçbir zaman bilemezsin. Şans ver kendine mutluluk için, ve şans ver seni hak eden insanlara. Etrafında senin yanında olabilmek için can atan insanları görmeye çalış. Senin yokluğundan korkabilecek insanlara şans ver. Harekete geç ve geçmişteki kötü anıları unut. Hayat mutsuz olup canını sıkmaya değmiyor. Bu hayat senin bunu unutma, ve hayatını güzelleştirecek insanları görmeye çalış. Hayatını mahveden insanları düşünmeyi bırakarak başla buna.

Bundan sonra dünü düşünmek yok. Bundan sonra yarını ve yarından sonraki hayatını düşünme vaktin geldi, unutma.

Gerçek aşk nedir biliyor musun?

Gerçek aşk sarılmaktır, içten ve samimi sarılmaktır. Kimsenin seni ayıramayacağı kadar sıkı sıkıya sarılmaktır.

Gerçek aşk bırakmamaktır. Ne olursa olsun bırakmamaktır. İyi günde de, kötü günde de hep yanında durmak, yarı yolda bırakmamaktır.

Kırmamaktır gerçek aşk. Hiçbir şey için kırmamaktır, kırmaktan korkmaktır. Kırdıklarını telafi etmek için varınla yoğunla çabalamaktır.

Hiç kimseyi yerine koyamamaktır gerçek aşk. Hiçbir şeyin yerini dolduramamasıdır. Dünyaları verseler bile vazgeçmemektir.

Mücadele etmektir gerçek aşk. Korkmak değildir. Yüreklinin işidir gerçek aşk, korkakların değil. Mutlu etmek için elimden geleni yapacağım diyenlerin değil, bunu bizzat yapanların, gösterenlerin adıdır gerçek aşk.

Söz verip sözünü tutmayanların değil, sözünün arkasında olanların işidir gerçek aşk. Öyle çok konuşanların değil, yapanların işidir, herkesin haddine değildir.

Gözlerinle bakmaya bile kıyamamaktır gerçek aşk. Gözlerinden sakınmaktır. Öyle iki günlük değil, ömürlüktür gerçek aşk. Ne engel olunabilir, ne engel koyulabilir bir şeydir. Gerçek aşk durdurulmayan, engel olunamayan bir duygudur. Biri için vazgeçmek değil, tüm dünyayı bile karşına alabilmektir.

Gerçek aşk gözlerin kapalı güvenmektir, en ufak bir şüphe duymamaktır. Umutsuz olmak değil, umutları yıkmamaktır gerçek aşk. Umutsuz bırakmamaktır. Yormamaktır gerçek aşk, dinlendirmektir. Başını omuzuna koyduğu zaman tüm dertlerini unutturmaktır gerçek aşk. Dert sahibi yapmak değildir.

Gerçek aşk değiştirmek değil, olduğu gibi kabul etmektir. Olduğun gibi görünmektir, yapmacık olmak değil. Yalan söylemek değil, samimi olmaktır gerçek aşk. Sadece en iyi günlerinde değil, kötü günlerinde de yanında olmaktır. Başkalarının söyledikleriyle hareket etmek değil, kalbinle hareket etmektir.

Keşke değil, iyi ki dedirtmektir gerçek aşk. Pişman etmek değil, mutlu etmektir. Sadece seviyorum demek yetmez, hissettirmektir gerçek aşk. Söz vermek değil, sözünü yerine getirmektir. Unutmak değil, aklından çıkarmamaktır gerçek aşk. Ona en ufak zarar vermeyi bırak, saçının teline zarar gelse huzursuz olmak demektir. Yeri geldiğinde arkadaş gibi olmaktır gerçek aşk. Sırdaş olabilmek, yoldaş olabilmektir.

Sabırsız olmak değil, sabretmektir gerçek aşk. Ayrılmak değil, birlikte olmaktır.

Bir olabilmektir gerçek aşk.

Allah'a inanmaktır, Allah için sevmektir gerçek aşk. Dua etmektir, beddua değil. Duanın içinde yer alandır gerçek aşk, dualarına daima seni de katandır.

Allah'tır gerçek aşk.

Allah'ın sana nasip ettiğidir. Senin yazdığın değil, Allah'ın sana yazdığıdır gerçek aşk. Gerçek aşk aklında, yüreğinde, nasibinde olandır. Yanında olan, seni bırakmayandır gerçek aşk. Senin mutluluğunu kendi mutluluğu bilen, senin mutsuz olmanı kendi mutsuzluğu kabul edendir gerçek aşk.

Gerçek aşk hissetmektir. Gözlerine baktığında güzel şeyler hissetmektir. En çok ihtiyacın olduğu zamanlarda görünmeyenler değil, yanında olanlardır gerçek aşk. Gerçek aşk gözlerinin gülmesine sebep olanlardır, ağlamana neden olanlar değil.

Gerçek aşk seni paramparça edenler değil, tamamlayanlardır. Gerçek aşk senin diğer yarındır. Yeri dolmayandır gerçek aşk, yerine kimse koyulamayandır.

Pişman olmamaktır, pişman etmemektir gerçek aşk. Sadece kendini değil, diğerini de düşünmektir. Özlemektir, unutmamaktır, unutturmamaktır, unutulmayandır. Herkesten kıskanmaktır gerçek aşk.

Ağlamaktır belki ama ağlatmamaktır gerçek aşk. Her şeye birlikte göğüs germektir gerçek aşk, göğsüne bir bıçak saplayıp gitmek değil.

Bağlanmaktır gerçek aşk, kopmak değil. Kimsenin koparmasına izin vermemektir.

Yeri geldiğinde bedel ödemektir gerçek aşk. Uğruna bir şeyler yapmaktır. Onun için bir şeylerden vazgeçmektir.

Başını ağrıtmak değil, saçlarını okşamaktır gerçek aşk. Elinden tutmak ve o eli hiç bırakmamaktır. Başkalarına bakmamak, bakamamaktır gerçek aşk.

Gelip geçici heveslerden uzak tut bizi, yüreğimizi gerçek aşkla doldur Ya Rabbim...

Bazı insanları çok seviyorum.

Göründüğü gibi olan insanları çok seviyorum. İçi dışı bir olan ve senden hiçbir gizlisi saklısı olmayan insanları. Açık sözlü olan ve kıvırmadan konuşan insanları. Arkandan konuşmaz onlar çünkü. Söyleyecek bir şeyi varsa doğruca yüzüne söyler, arkandan konuşan insanları da dinlemez. Dedikoduyla işi olmaz, dedikodu yapanı da sevmez. Kimsenin arkasından iş çevirmez.

Yürekli olan insanları seviyorum. Hiçbir şeyden korkmaz yürekli insanlar. Seninle bir yola çıktığında seni yarı yolda bırakmaz. En sıkıntılı anlarda bile seni rahatlatır, ne yapacağını bilemediğin anlarda sana çıkış yolunu gösterir onlar.

Güven veren insanları seviyorum. Beni hiç yanıltmayan, güvendiğime pişman etmeyen insanları. Hiçbir zaman bana yanlış yapmayan her zaman tanıdığıma memnun olduğum ve hep yanımda kalmalarını istediğim insanlardır onlar. Güvenimizi defalarca boşa çıkaran insanları gördükçe güven veren ve pişman etmeyenler o kadar değerli oluyor ki, bence sonuna kadar hak ediyor onlar sevilmeyi. Güvenmek bana göre en önemli şeylerden biridir. Sevgi bile tek başına bir yere varamıyor güven olmadıktan sonra. O yüzden güven veren insanlar hayatımda çok ayrı bir yerdedir benim için.

Bir de kalbinin temiz olduğunu gördüğüm insanlar var. Onlar melek gibiler. Hiçbir zaman benim kötülüğümü istemezler. Bana en ufak bir şey olsa içleri acır onların. Yumuşacık kalpleri vardır, akıllarından en ufak bir kötülük geçmez. Kimsenin sahip olduklarında gözü olmaz onların, ellerindekiyle yetinmeyi bilirler. Fesatlık nedir bilmezler onlar. Kalpleri temiz olduğu için Allah her şeyin en güzelini verir onlara. Kalbi fesat bunca insanın arasında onları bulmak çok kolay olmasa da, insanın karşısına çıkıyor mutlaka. Çıktığında da bırakmamak lazım öyle insanları.

Kardeş gibi olan arkadaşlar var bir de. Onların sadece soy isimleri ve anne babaları farklı, geri kalan her şeyleriyle öz kardeşin gibiler sanki. Senden hiç ayrılmaz onlar, en kötü günlerinde de, en iyi günlerinde de yanında olurlar. Ne zaman başın sıkışsa koşar gelirler. Ne zaman bir sıkıntın olsa seninle birlikte üzülürler. Ne zaman mutlu olsan birlikte gülersin onlarla, sabah akşam birlikte olsan sıkılmazsın. Senin anlatmak istediğini gözlerinden bile anlar onlar. Bazen istediğin kadar sakla bazı şeyleri, gözünden anlarlar senin bir şeyler gizlediğini. Kötüyüm deyip onları üzmemek istesen de onlar zaten çoktan anlamışlardır senin kötü olduğunu. Onlardan hiçbir şey kaçmaz. Senin için ölüme bile gelir hiç düşünmeden. Dedim ya sadece soy isimleri farklıdır. Geri kalan her şey sanki öz kardeşin gibidirler.

Pes etmeyen insanları da çok seviyorum. Kafasında olan bir şeyi yapmak için uğraşan insanları. Mücadeleci insanları, umudunu yitirmeyen insanları seviyorum. Umut etmeyen insanlar boş geliyor bana. Hiçbir amacı olmayan insanlar gibi geliyor. Her insanın umudu vardır mutlaka. Gönlünden geçirdiği, içinde saklı tuttuğu bir şeyleri vardır. İnsan Allah'tan istemeli ve umudunu yitirmemeli hiçbir zaman.

Sabırlı insanları da çok seviyorum. Hemen olsun diyenleri değil sabretmesini bilenleri. İstediği bir şey olmayınca hemen isyan etmemeli insan. Sabretmeli. Her şey vaktini bekler bu hayatta. Vakti gelmeyince hiçbir çiçek açmaz, vakti gelmedikçe hiçbir şey olmaz. Bunu bilen, buna inanan insanları seviyorum. Sabretmesini bilen insanların da ayrı bir yeri var gönlümde.

Sözünü tutan insanları seviyorum. Ne olursa olsun sözünün arkasında duran insanları. Çünkü onlar yapamayacağı şeyleri söylemezler, hiçbir zaman boş konuşmazlar, yok yere umut vermezler kimseye. Ağızından çıkıyorsa bir şey, onu yerine getirirler. Bunu bilirsin ve güvenirsin onlara. O bir şey söylediğinde için rahat inanırsın. Bu yüzden sözünü tutan insanları severim.

Gözü aç olmayan insanları seviyorum. Onların senin ya da bir başkasının elinde olan şeylerde gözü olmaz. Onlar elindekileriyle yetinmeyi bilir. Kimsenin malında mülkünde gözü olmaz. Anlarsın bunu zaten. Senin aldığın bir şey için içten içe kendini yemez o insanlar. Sen ne zaman yeni bir şeye sahip olsan, kendi sahip olmuş gibi senin adına sevinir. O yüzden gözü aç olmayan insanları da çok severim ben.

Dedikodu yapmayan insanları seviyorum. Ne senden bir başkasına bir kelime taşır, ne de bir başkasından sana. Dedikoduyu sevmez çünkü. Hepsini içine atar orada saklar. Çünkü bilir ki oradan buraya, buradan oraya laf taşımak doğru değildir. Hem bu bazı insanların da arasını açmaya neden olabilir. Kimsenin arasını açmaya niyeti yoktur öyle insanların. Çünkü kalbinde fesatlık yoktur onun. O yüzden severim dedikodu yapmayan insanları.

Egoları olmayan insanları severim mesela. Egosu yüksek kişilerlerle karşılaştığım zaman derhal uzaklaşmak isterim onlardan. Senin sahip olduğun şeyler onunkilerden kat kat fazla olmasına rağmen sen mütevazı davranırsın ama egosu olan insanlar hiçbir şeyleri olmadığı halde tüm dünyanın sahibiymiş gibi davranırlar. Bu çok itici geliyor bana. Hiçbir zaman aşırı egoları olan insanları sevmemişimdir. Özgüven her insanda olması gereken bir şeydir ama her şey dozunda güzeldir. Mütevazı insanlar çok daha değerli gelir bana her zaman. Sahip olduklarıyla insanları küçümseyen kişileri Allah da sevmez ayrıca. Yer yüzünde her şeyin sahibi Allah'tır, Allah'ın olan hiçbir şey ile insanları küçümsemek doğru değildir. Allah sana verdikçe eğilmesini bilirsen çok daha fazla yükselirsin. Ama Allah'ın verdikleriyle böbürlenirsen Allah ne yapar ne eder alır elinden verdiklerini. Bu yüzden mütevazı insanları çok seviyorum.

Daha önce çok defa kırılmış, çok defa sınavlardan geçmiş insanları seviyorum ben. Çünkü onlar kırılmanın ne demek olduğunu, üzülmenin ne demek olduğunu çok iyi biliyorlar. Çünkü onlar bunu çok iyi bildikleri için, seni asla kırmazlar.

Yapmacık olmayan insanları seviyorum. Doğal olan, kendi olan insanları seviyorum. Çünkü kendisi olmayan, başkasıymış gibi görünen insanların yapaylığını katlanılmaz buluyorum. Allah seni nasıl yarattıysa öyle olmalı ve bununla gurur duymalısın. Herkes aynı olmak zorunda değildir. Herkes mükemmel olmak zorunda da değildir. Nasıl yaratıldıysan buna şükretmelisin. Senden daha kötü durumda olan ama şükretmesini bilen insanlar var, bunu unutmamak lazım.

Kim sevmez ki güven veren, samimi olan, sözünü tutan, dedikodu yapmayan, göründüğü gibi olan, mütevazı olan, yalan söylemeyen insanları? Kim sevmez ki kardeşi gibi olan dostları? Kalbi temiz olan, yürekli olan, sabırlı olan insanları kim sevmez?

Sen de eminim ki böyle insanları seviyorsundur. Böyle insanlar varsa eğer hayatında onları sakın bırakma. Onları hayatında nereye koyacağını çok iyi bilmen lazım. Çünkü onlar gerçekten çok değerli bizim için, bunu unutma.

Senin vicdanın rahatsa, bırak onlar düşünsün.

Sen kimseyi kırmadın ki kırılmaktan korkuyorsun.

Sen kimsenin ahını almadın, hayatın boyunca doğru insanları aradın durdun. Bulduğunu sandın ama çoğunlukla yanıldın. Yanılttılar seni. Çok iyi rol yapan insanlar tanıdın, çok güzel yalanlar söyleyebilen insanlar tanıdın, sözünü tutmayan insanlar, göründüğü gibi olmayan insanlar tanıdın. Sen hiçbir şey yapmadın mutlu olmaya çalışmaktan başka. Kime güvendiysen en sonunda seni pişman etti. Kime inandıysan yanıldın.

Sen neden düşünüyorsun ki, bırak sana yanlış yapan insanlar düşünsün. Senin ahını alanlar, senin kalbini kıranlar düşünsün. Sana yalan söyleyenler, seni ağlatanlar düşünsün. Yarı yolda bırakıp kaçanlar düşünsün. Kocaman bir yüreğin var senin. Sen her zaman her şey güzel olsun istedin. Bunun için uğraşıp durdun. Hep yanıldın ama bir kez daha deneyeyim dedin. Denedin, yine yanıldın, ama yine denedin. Hiçbir zaman pes etmedin. Çünkü sen her insanın aynı olmayacağını çok iyi biliyorsun. Çünkü deneye deneye, insanları eleye eleye doğru olan kişiyi bulacağını biliyorsun. Çünkü her zaman hayatına kötü insanların girmeyeceğini çok iyi biliyorsun.

Bu yüzden güçlüsün sen.

Seni kırıp gidenleri düşünmeyi bırakarak yoluna devam et. Senin vicdanın rahat olsun. Seni boşuna oyalayan, sana boşuna umut veren insanlar tasalansınlar, sen değil.

Tasalansınlar, çünkü Allah kimsenin ahını kimsede bırakmaz. Elbet yaşattıklarını yaşayacak onlar da. Ama senin başın dik olsun hep. Çünkü sen üzen değil, üzülen taraf oldun. Senin korkun olmasın.

Sana bunları yaşatanlar korksun bundan sonra. Senin o güzel kalbini kıranlar düşünsün. İyi niyetini kullanan insanlar düşünsün. Sen başını yastığa koyup gönül rahatlığıyla uyuyabilirsin. Senin bundan sonra yapacağın tek şey, seni mutsuz edip hayatından gidenleri Allah'a havale etmek ve yoluna devam etmektir. Geride bıraktıklarını düşünme. Onları bir gün yaşattıklarını yaşarken göreceksin zaten.

Sen daima ileriye bak. Bu mutsuz günlerin sonunda seni bekleyen güzel günler var. Onlara doğru kararlı bir şekilde yürümeye devam et.

Senin kalbin böyle temiz olduğu sürece, senin başın dik olduğu sürece, yürüdüğün yolun sonu mutluluk, bunu unutma.

Mutlu olmak istiyorsan...

Öncelikle seni mutsuz eden her şeyden kurtul. Geçmişte yaşadığın her şeyi unut. Yeni bir sayfa aç kendine, yeni başlangıçlar için hazırlan. Yeni insanlar tanı ama hemen güvenme herkese. Önce izle ve bak neler söylediğine ve neler yaptıklarına. Söyledikleriyle yaptıkları tutacak mı, emin ol bundan.

Geçmişte yaşadıklarından aldığın derslerle yola çık, yeterince güvenmediğin insanlara kapılma hemen. Yeterince güvenmeden önce mesafeli ol herkese. Mutlu olmak istiyorsan sana değer vermeyen insanlara artık sen de değer verme. Kim sana değer veriyorsa onu yanında tut. Yeterince değer vermediğini düşündüğün insanlardan uzak dur.

Mutlu olmak istiyorsan seni gerçekten sevdiğine emin ol, bunu gözlerinden anlarsın bir insanın. Sana yaşattıklarından, sana yaptıklarından anlarsın.

Senin mutlu olman için ne kadar uğraştığından anlarsın. Seni üzmekten korkmasından anlarsın. Mutlu olmak istiyorsan seni mutlu etmeye çalışan insanlara şans ver, diğerinden kurtul. Senin için mücadele eden insanları görürsün mutlaka etrafında. İşte onlara şans ver mutlu olmak istiyorsan. Sana huzur veren insanları sakın kaybetme. Yanında mutlu olduğun insanlara sıkı sıkı sarıl.

Bugün onlara bir kez daha söyle sevdiğini, çünkü onlar bunu hak ediyor.

Mutlu olmak istiyorsan kalbini temiz, içini ferah tut. Umudunu yitirme hiçbir zaman. Bugün mutsuz olabilirsin ama yarın mutlu olmayacaksın diye bir şey yok. Mutlu olmak istiyorsan umudun olsun hep. Güzel günlerin geleceğine dair umudun olsun. Mutlu olman biraz da seninle alakalı bir şey, hayata nereden baktığınla ilgili bir şey. Ne kadar pozitif olursan o kadar iyi şeyler gelişir etrafında. Hiçbir zaman yarının senin için ne sakladığını bilemezsin. Bu yüzden bugünden karar verip hemen pes etmeyeceksin. Mutlu olmak istiyorsan güçlü olacaksın, sabırlı olacaksın her zaman. Bir bakmışsın ki beklediğin her şey bir anda karşına çıkmış. Bir bakmışsın ki tüm sıkıntılarını unutturacak bir şeyler çıkmış karşına. Bilemezsin. Mutlu olmak istiyorsan için rahat olacak önce.

Kim ne kadar hak ediyorsa o kadar değer verme-

yi bil. Kim ne kadar seviyorsa o kadar sevmeyi bil. Kim ne kadar geliyorsa sana, sen de o kadar git ona. Mutlu olmak istiyorsan her şeyin fazlasını veren sen olma sakın. Hele sana verilenden fazlasını verdiğin zaman ilk unutulan sen olursun unutma. Bu böyledir hep.

Mutlu olmak istiyorsan, bugün en sevdiğin şeyleri yap. Kitap oku, müzik dinle, en sevdiğin arkadaşınla birlikte vakit geçir, en sevdiğin insanların yanında ol. Bugün annene ve babana sarıl ve onları çok sevdiğini söyle. Bugün hayatında olan ve sana hep huzur veren, destek olan insanlara sarıl ve onları da çok sevdiğini söyle. Mutlu olmak istiyorsan seni gerçekten seven insanlara sen de sevgini belli et. Geçmişi silmeyi ve unutmayı öğren. Geçmişte seni mutsuz eden her şey senin kafana yapışır kalır, senin peşinden gelerek seni mutsuz etmeye çalışır. Geçmişte yaşadıklarının peşinden gelip seni mutsuz etmesine izin verme sakın. Onlardan kurtul ve yeni bir sayfa aç kendine bugün.

Bugün her şeyi unut ve mutlu olmaya odaklan.

Bugün kimsenin olmadığı bir odaya geç mesela, uzaklaş bütün kötü düşüncelerden ve tüm kalbinle dua et Allah'a. İstediğin güzellikler için dua et. En büyük huzuru bulacaksın emin ol buna. Yalnız kaldığında Allah'la konuş. Seni kimse anlamasa bile, O anlar. O seni duyar ve görür, O senin ne istediğini bilendir.

Kendinle konuş bugün. Şimdiye kadar ne yaşadıysan ayakta kaldığını hatırla. Hiçbir şeyin seni mahvetmesine izin verme bugün. Güçlü bir insan olduğunu hatırla. Geçmişte hiçbir şeyin seni yıkmasına nasıl da izin vermediğini düşün. Eğer doğru olduğuna inandığın bir şey varsa onun peşinden git. Yoluna ne kadar engel çıkarsa çıksın, korkma. Gittiğin yol doğruysa o yolun sonu mutluluktur. Yeter ki yanında doğru insanlar olsun.

Bugün hiçbir şeyin imkânsız olmadığını düşün. Nasipse her şeyin olabileceğini düşün. Allah nasip ederse hiç kimsenin engel olamayacağını düşün. Bugün kendine bir iyilik yap ve pozitif bak hayata. Ben bunları yaşıyorsam benden daha kötü şeyler yaşayan insanlar da var, ben bunları yaşıyorsan bunda da bir hayır var de kendine.

Mutlu olmak istiyorsan önce kendi kendini mutsuz etmemeyi öğren. Yani olmayacak gözüyle bakma hiçbir şeye. Dipsiz kuyulara atma kendini. Bir insanın dualarının kabul olması biraz da gayretiyle alakalı bir şeydir. Allah senin gayretine de bakar. Bu yüzden pes etme diyorum işte. Duaların ile birlikte gayretini de göstermelisin Allah'a. Eğer gayret gösterdiğin halde olmuyorsa da zorlama o zaman.

Mutlu olmak istiyorsan sen de kimseyi mutsuz etme sakın. Çünkü birini mutsuz eden mutlu olamaz. Ne ekersen onu biçersin hayatta, sadece kendini değil, karşındaki insanı da düşünerek hareket et hep. Sen böyle olduğun sürece hayat her zaman karşına güzel şeyler çıkaracaktır zaten.

Mutlu olmak istiyorsan insanların sözlerine değil, yaptıklarına bak. Sana yaşatacaklarına bak ve ondan sonra ver kararlarını.

Mutlu olmak istiyorsan aceleci olma, zamana bırakmayı öğren. Çünkü seni mutlu edebileceğini düşündüğün bir insan bir süre sonra sana gerçek yüzünü gösterebilir. Genelde hep böyle de olur zaten.

Mutlu olmak istiyorsan seni olduğun gibi seven insanlarla birlikte ol. Seni değiştirmeye çalışan insanlara izin verme sakın. Seni anlayabilen insanları al hayatına.

Mutlu olmak istiyorsan ailenin karşı çıktığı insanlardan uzak dur. Çünkü anne ve babalar gerçekten bu konularda çok iyi hissederler. Her zaman bu konuda haklı çıkmıştır aileler. Bu yüzden mutlaka ailenin ısındığı insanlar olsun hayatında. Ayrıca seviyorum deyip ailenizi ezip devam ederseniz yolunuza, o yolun sonunda da mutluluk yoktur. Seni büyütüp bu yaşa getiren ve hiç kimse yokken yanında olan aileni silip atamazsın bir başkası için, unutma.

Mutlu olmak istiyorsan içinden gelen duygulara kapatma kapılarını. Başkaları ne der, ne düşünür diyerek yaşama mesela. Hiçbir şeyin senden daha değerli olmadığını unutma. Tabi ki her zaman kendini düşünüp başkalarını mutsuz et demiyorum. Tabi ki bencil bir insan ol demiyorum ama hep başkalarının mutluluğunu düşünüp kendin de mutsuz olma.

Mutlu olmak istiyorsan bazen mutsuz olabileceğini de düşünmelisin. Mutsuz anların seni yolundan caydırmamalı. Mutsuz günlerinin sabırla bitmesini beklemeyi öğrenmelisin. Mutsuz günlerin sonunda güzel günler seni bekliyor olacaktır mutlaka.

Öyleyse sabredeceğiz.

En kötü günlerimizde bile sabredeceğiz ki, mutlu günlerimize daha rahat kavuşalım. Mutlu olmak önce Allah'ın, sonra senin elindedir unutma. Sen dua edersin ve gayret gösterirsin. Allah da duanı duyar, gayretini görür ve senin mutlu olman için gerekeni yapar. Ben buna inanarak yaşıyorum ve bu beni her zaman mutlu ediyor.

Bazı insanlara dünyaları versen yine de mutlu olmazlar mesela. Bazıları ise küçücük şeylerle mutlu olmayı bilirler. Dedim ya bu seninle alakalı bir şey biraz da. Sen dünyaları isteme, hayırlı olan şeyleri iste Rabbinden. Dünyalar senin olsa da mutlu olmazsın çünkü bazen. Ama hayırlı olan her şey mutlu eder seni unutma, küçücük bir şey bile mutlu etmeye yeter seni.

Hayata hep pozitif bakmayı öğrendim ben. Sonra baktım ki pozitif baktıkça çok daha mutlu oluyorum. Teslim olmuyorum mutsuzluklara, teslim olmuyorum beni mutsuz eden insanlara. Hep pozitif oluyorum ve bir şekilde geçip gidiyor mutsuz günler. Sen de böyle yap mesela. Ne kadar kafana takarsan o kadar daha üzülürsün. Ne kadar isyan edersen bulunduğun duruma, daha da batarsın içine. Ama gönlünü rahatlatmayı bilirscn o durumdan nasıl çıktığını bilc anlamıyorsun inan bana. İçini rahat tut sen, mutlu olmak için o kadar çok sebep var ki bu hayatta.

Bak nefes alıyorsun şu anda, yürüyorsun, koşuyorsun, konuşabiliyor ve duyabiliyorsun. Bunlardan bazılarını yapamayan insanları getir gözünün önüne mesela. Rabbim onları ne büyükbir sınava tabi tutuyor, onları düşün. Sağlığın için şükret Allah'a. Sevdiklerin var yanında bunun için şükret. Ya bunlardan yoksun olsaydın?

Dedim ya, şükredecek ve mutlu olunabilecek o kadar çok şey var ki, saymakla bitmez aslında. Her şey gelip geçer, her sıkıntı biter gider, sen gönlünü hoş tut, her şeye olumlu bak yeter.

Yürüdüğün yolda kalbin temizse, mutluluk sana çok yakın, bunu unutma...

“

ÜZÜLME!
BU HEP BÖYLE
DEVAM ETMEYECEK!
İHTİYACIN OLAN ŞEY
İSYAN ETMEK DEĞİL,
SABIRDIR.
MERAK ETME,
GÜZEL GÜNLER
YAKINDIR!

”

Her şey için şükretmeli insan.

Ölüm diye bir şey var, ölüm. Hiçbirimiz bu dünyada sonsuza kadar kalmayacağız. Sevdiklerine sarıl. Ufak tefek kırgınlıklar her zaman olacaktır. Bugün kavga eder, yarın gülersin. Ufak tefek şeylerin sizi ayırmasına izin verme. Hayat çok kısa, zaman akıp gidiyor. Yarına çıkacağımızı Allahtan başka kim biliyor? Bugün gördüğün arkadaşını, bugün gördüğün anneni, babanı, sevdiklerini yarın göremeyebilirsin. Onlar gittikten sonra arkalarından üzülmenin hiçbir anlamı yok. Asıl mesele yanındayken değerini bilmekte. Hiç sarılmadığın babana, hiç sarılmadığın annene sarıl bugün. Yarın sarılmak için bir baban, ya da annen olmayabilir. Kırdıysan gönlünü al bugün. Yarın gönlünü alma şansın olmayabilir. Öp ellerini kokla sarıl ve okşa, doya doya sarıl. Neye sahipsen şükret bu hayatta. Yanında olan ve hâlâ hayatta olan tüm sevdiklerini ara, sor ve onlarla görüş.

Bir dakika sonra bile ne olacağımızın garantisi yok bunu biliyorsun.

Konuşmadığın arkadaşların varsa eğer ve gerçekten çok küçük meselelerden dolayı konuşmuyorsanız küs kalmayın. Bu hayat küçük şeyler ile mutsuz olmaya değecek kadar uzun değil. Gurur yapma her şey için. Seni gerçekten seven insanları kaybetme. Hatalıysan özür dilemesini bil ama gitmesine izin verme senin için değerli olan insanların. Başın sıkıştığında yanında olan bir baban, hasta olduğunda seninle ilgilenen bir annen olduğuna şükretmeyi unutma.

Bir sıkıntın olduğunda seninle birlikte üzülen, senin derdini kendine dert edinen, derdin için dua eden dostların varsa şükret. Sıkıştığında yanınızda olan bir kardeşin varsa onun değerini bugün bil, bugün. Yarın onu göremeyebilirsin.

Hiçbir şeyin değerini onlar yanımızdayken bilmiyoruz aslında. Ne zaman elimizden kayıp giderse işte o zaman değerini anlıyoruz bir şeylerin. Bir şeylerin değerini onlar elimizdeyken bilmek lazım.

Kıssadan hisse, şükredin kardeşim, şükredin. Yürümek için dünyaları vermeye hazır insanlar varken yürüyebiliyorsanız şükredin. Bir kez olsun sevdiklerini görebilmek için dünyaları vermeye hazır olan görme engelliler varken, gören gözlerinize şükredin. Bir kez olsun sevdiği insanların konuşmalarını duyabilmek için dünyaları vermeye hazır olan insanlar varken, duyabildiğinize şükredin.

Şükredecek bu kadar şey varken hâlâ sahip olamadığın bazı şeyler için isyan ediyorsundur belki de. Böyleyiz işte, biz insanoğlu böyleyiz. Allah yürümek için ayak verse, biz uçmak için kanat isteriz hep. Verdiği şeylere şükretmeyi bilmeyiz. Ama Allah bir gün verdiklerini aldığı zaman isyan etmeyi çok iyi biliriz.

Allah'ın verdiği her şeye sahipken şükretmeliyiz. Yarın ne olacağımızın garantisi yokken şükretmeliyiz. Şükrettikçe Allah daha da çok verir. Şükrettikçe hayatımız daha güzel, daha anlamlı olur.

Bugün sahip olduğun her şey için, yanında olan herkes için Allah'a şükretmeyi sakın unutma.

Boş ver be kalbim, kimse anlamasa da, kimse bilmese de yorgunluğunu, Yaradan bilir doğruluğunu...

Artık takmıyorum kafama her şeyi. Böyle olması gerekiyormuş ve oldu diyorum. Ne isyan ediyorum, ne de kızıyorum, sadece dua ediyorum her şey için. Her şeyin daha güzel olması için dua ediyorum.

Çünkü Rabbim içimi biliyor benim. Derdime derman olacak olan O'dur.

Ne arkamdan konuşanları kafama takıyorum, ne de yoluma çıkanları. Ne beni mutsuz edenleri düşünüyorum, ne de canımı sıkanları. Artık eskisi gibi değilim. Ya alıştım bu durumlara, ya da görmezden gelmeyi öğrendim sanırım. Ya da Allah bana güç veriyor sabır konusunda. Neler yaşamadım ki şimdiye kadar, neler görmedim, ne insanlar tanımadım ki. Üzülünce hiçbir şey değişmedi şimdiye kadar, kafama takınca geçmedi hiçbir şey.

Ben kimseyi yarı yolda bırakan biri olmadım hiç ama yarı yolda çok bırakıldım. Kimseyi kolay kolay kıran biri olmadım. Kimseyi kolay kolay üzen biri olmadım ben. Ne kimseyi aldattım, ne kimsenin arkasından bir laf ettim. Hep bana yapıldı bunlar. Ben kimsenin ahını almadım, kimseye yalan söylemedim, kimseye boş yere umut vermedim. Ama çok yalan söyleyen insanlar gördüm ben, boş yere umut veren çok insan gördüm. Canımı yakan çok insan tanıdım şimdiye kadar. Hiç kimsenin güvenini boşa çıkarmadım ama boşuna güvenmişim dediğim çok oldu benim. Kimsenin arkasından kuyu kazmadım, kimsenin dedikodusunu yapmadım şimdiye kadar ama benim arkamdan çok kuyu kazan da oldu, dedikodu yapan da. Hep yanlış insanlara denk geldim sanırım ben. Hep yanlış insanlar çıktı karşıma. Hiçbir zaman bundan şikâyetçi olmadım ama yoruldum sanki biraz. Hep şükrediyorum her şey için ama yoruldum. İnsanlara güvenmekten ve boşuna güvendiğimi görmekten yoruldum. Değer verip, değmediğini görmekten yoruldum. Seviyorum deyip de hiç sevmemiş gibi gidenleri görmekten yoruldum. Sözü başka, kalbi başka insanları görmekten yoruldum ben.

Bazen kendime soruyorum; ben bu insanları hak edecek ne yaptım diye. Sonra aklıma Rabbim geliyor. Aklıma Allah'ın beni sınadığı geliyor. Çünkü biliyorum ki kötü şeyler kötü insanların karşısına çıkmaz. Tam aksine iyi insanların karşısına çıkar. Çünkü Allah sevdiği kullarını sınarmış, onları denermiş her zaman. Ben buna bağlıyorum olayı hep. Ve Allah'ın sevdiği kullarının akıllanması için, tecrübe kazanması için karşısına böyle insanları çıkardığına inanıyorum ben. Çünkü ben böyle insanları tanıdıkça daha da akıllanıyorum. Onları gördükçe, onları tanıdıkça ders alıyorum bazı şeylerden. Sıkıntılarımı veren Rabbime bir kez daha şükürler olsun ki beni sınıyor ve beni unutmuyor.

Sıkıntılar güzel olur mu, dertler güzel olur mu hiç? Oluyor işte. Olaya nereden bakacağını bilirsen gerçekten oluyor. Sıkıntıyı veren Rabbin seni sınav ediyorsa ben o sıkıntıya kurban olurum. Kötü insanları Rabbin çıkarıyorsa karşına, sana bir şeyleri göstermeye çalışıyorsa Allah, ben onun beni kötü insanlarla karşılaştırıp bana göstermek istediği şeylere kızamam, tam aksine buna seviniyorum. Çünkü Allah'ın beni unutmadığını görüyorum, bana bir şeyleri göstermek istediğini görüyorum. Ben bunun için huzurluyum işte. Benim gönlüm bu yüzden rahat.

Karşıma çıkan kötü insanlardan ders çıkarmayı çok iyi biliyorum artık, onların neden karşıma çıktığını anlayabiliyorum. Ne kızması tam aksine seviniyorum. İyi ki yaşamışım bazı sıkıntıları. İyi ki karşıma çıkmış bazı kötü insanlar. Her birinden ayrı ayrı şeyler öğrendim. Güvenimi boşa çıkaran insanları tanımasaydım, güven veren insanların değerini bilemezdim ben, herkese güvenmemem gerektiğini öğrenemezdim. Çok çabuk güvenirdim herkese. Artık öyle yapmıyorum mesela. İnsanların her sözüne, her söylediğine güvenmiyorum. Zamana bırakıyorum ve zamanla gerçekten güvenilir mi değil mi bunu görmeyi bekliyorum. Her seviyorum diyene inanmıyorum, sevgisini göstermesini bekliyorum. Tamamen emin olmadan karar vermiyorum her şeye. İnsanların gidebileceklerine hazırlıklıyım artık. Kimsenin gitmesi koymuyor eskisi gibi. Çünkü biliyorum ki bazı insanlar gider. Gerçekten sevmeyenler gider. Eskiden olsa herkesin ömürlük olduğuna inanırdım. Hayatıma gelen hep hayatımda kalacakmış gibi geliyordu bana ta ki hayatımdan gitmesini hiç beklemediğim insanların bırakıp gittiği güne kadar. Hayatımdan gideceği aklıma bile gelmeyen, beni yarı yolda bırakacağı aklıma bile gelmeyen insanlar beni yarı yolda bıraktığı gün bana bunları öğrettiler, sağolsunlar.

İşte hepsinde bir hayır var. Hepsinin bir sebebi

var. Allah bana boşuna yaşatmadı bunları, boşuna çıkarmadı kimseyi karşıma. Yeter ki görmesini bil. Yeter ki ders almayı bil yaşadıklarından.

Kalbim çok yoruldu şimdiye kadar, insanlar kalbimi çok fazla yordu. Artık kalbimi dinlendirmeye çalışıyorum ben. İnsanların artık kalbimi kırmasına izin vermiyorum. Beni mutsuz eden insanları hayatıma almıyorum artık. Onlardan uzaklaşıyorum. İyi gelen insanları, huzur veren insanları tercih ediyorum. Beni en az benim kadar seven, benim kadar değer veren insanlara şans veriyorum hayatımda. Ve açıklamalara boğmuyorum kendimi hiçbir zaman, kimseye bir şeyleri anlatmaya çalışmıyorum. Yaşayarak ve yaşatarak görüyor ve gösteriyorum her şeyi. Çünkü biliyorum ki anlamak istemeyen insanlar zaten ne yaparsan yap anlamayacaklar.

Allah benim kalbimi biliyor ya işte o bana yetiyor. Ben bu şekilde rahatlatıyorum kendimi. Bu şekilde huzur buluyorum.

Eskiden her şeyi kafaya takardım. Herkesin beni anlamasını isterdim ve bunun için uğraşırdım. Artık yormuyorum kendimi. Sende böyle yap bence. İnsanların seni anlamadığı durumlarda üzülme. Senin her zaman anlayan, kalbinin sesini duyan Allah'ın olduğunu unutma. O senin kalbinin yorgunluğunu da çok iyi biliyor. O senin hayatına giren ve seni mutsuz eden her şeyi çok iyi biliyor. O senin ne zaman huzuru bulacağını da çok iyi biliyor. Yeter ki karşına çıkan sıkıntılara ve insanlara dayanmayı bil. Bulunduğun durumlarda sabırlı olmayı ve her şeyi Allah'a havale etmeyi bil.

Ben artık sabırla bekliyorum. Yorulan kalbime elbet huzur verecek Rabbim. Elbette şimdiye kadar yaşadıklarımı gördü ve benim gönlümden geçen her şeyi elbette biliyor.

Bana huzuru nasip edecekse buna kim engel olabilir ki? Yorulan kalbime huzuru verecekse bunu kim engelleyebilir?

Tabi ki hiç kimse. İşte beni bu rahatlatıyor.

Nasipse güzel günler gelecek.

Yükün dürüstlükse eğer gücün düşebilir belki ama başın asla düşmez.

Benim yüküm hep dürüstlük oldu şimdiye kadar. Başımın hep dik durması bundan dolayıdır. Başımı öne eğeceğim hiçbir şey yapmadım şimdiye kadar, birden fazla yüzüm hiç olmadı. Neysem öyle göründüm her zaman. Ne kimseyi aldattım ne de kimsenin güvenini boşa çıkardım. İsteyen istediğini söylesin sorun değil benim için. Allah görüyor, Allah biliyor ya gerisi hiç önemli değil. İnsanlar bunu bilmese de olur. Biliyorum senin de kalbin yoruldu bunu okuyan kişi. Seni de çok defa kırdılar ve üzdüler.

Sen de sabret.

Huzuru bulmak istiyorsan benim gibi yap sende. Kimsenin anlamasını, kimsenin bilmesini bekleme. Allah'a daya sırtını sen. Ona dua et ve ondan iste. Onun seni gördüğünü, onun senin neler yaşadığını bildiğini düşün.

Seni bulunduğun durumdan çıkaracak olanı düşün. Kalbinin yorgunluğunu bildiğini düşün ve rahatlat gönlünü.

Allah nasıl da huzuru verecek sana göreceksin.

Seni gerçekten seven insan senden başkasına gitmez. İçin rahat olsun. Gitmek yalandan sevenlerin işidir.

Giden hiç sevmemiştir.

Gerçekten seven bir insan dünya kadar sıkıntınız da olsa bunun üstesinden gelmek için çalışır. Ama gerçekten sevmeyen bir insan iğne ucu kadar şeyleri bile bahane edip gider. Gerçekten seven bir insanı kovsan bile gitmez, çünkü aklı sendedir onun. Bedeni senin yanında olup, aklı başkalarında olanlar gibi değildir. Gerçekten seven insan seni kaybetmekten korkar, sensiz olmaktan çekinir. Seni üzmekten, seni mutsuz etmekten korkar. Seni gerçekten seven biri bahane bulmaz, huzur bulur sende. Gözlerine baktığı zaman dalıp gittiğini görürsün mesela. Sana ne kadar içten baktığını, sana ne kadar sevgiyle baktığını göz bebeklerinde görürsün onun. Ellerini tuttuğunda tüm organların yerinden çıkacak gibi olur, hissettirir gerçekten seven biri.

Söz verirse yapar gerçekten seven insan, yalan söylemez sana asla. Aldatmaz, aldatamaz asla. Gerçekten seviyorsa gözü senden başka kimseyi görmez çünkü, bedeni istese bile kalbi engel olur ona. Çünkü gerçekten seven insanın kalbi sevdiği insanın sevgisiyle doludur, kalbini kirletemez başkasıyla.

Gerçekten seven insan ağlatmaz seni. Çünkü gerçekten seven insan seni ağlatmaya değil, güldürmeye gelmiştir. Seni kıskanır gerçekten seven insan. Gözünden sakınır seni. Ayağın taşa değse içine dert olur seni gerçekten seven insana.

Öyle kolay mı seviyorum demek? Öyle kolay mı sanıyorsun sevmek?

Gerçekten sevmek öyle lafla olan bir şey değildir. Bu yüzden şen seni bırakıp başkasına giden bir insan için üzülerek kendini daha fazla incitmemelisin. Gerçekten seven insan sevdiğini bırakıp başkasına gidebilir mi? Kovsan bile gitmez diyorum. Ve çoğu insanı görüyorum ki, başkasına gitmiş ve hiçbir şey olmamış gibi hayatına devam eden insanların arkasından üzülüyorlar. Başkasıyla aldatmış olmasına rağmen hâlâ ona karşı umudu olan insanlar var. Diyelim ki tekrar sana gelme şansı var, diyelim ki senden sonra gittiği kişiyi bırakıp tekrar sana gelecek. Ne yapacaksın? Tekrar hayatına mı alacaksın onu? Ben çok insan tanıdım aldatılmasına rağmen hâlâ onu istiyorum, onu bekliyorum diyen. Ben çok insan tanıdım bırakıp başkasına gitmesine rağmen hâlâ yolunu gözleyen. Nasıl olur da hâlâ o insanın arkasından bakabiliyorsun? Nasıl olur da başkasının yanına giden insanın tekrar hayatına gelmesini bekliyorsun? Nasıl olur da tekrar gelse kabul ederim diye düşünüyorsun? Yetmedi mi yeterince mutsuz olman? İkna olmuyor musun artık yeterince sevilmediğine? İnanmıyor musun artık, görmüyor musun artık seni gerçekten sevmediğini?

Sevse gitmezdi diyorum, sevse başkasının hayatına girmezdi. Senden gidemezdi inan. Gitmek yalandan sevenlerin işidir, gerçekten sevenler gitmez.

Peki sen onu bu kadar çok severken hiç başka birine gitmeyi düşündün mü şimdiye kadar? Sen onun yaptığı gibi onu bir başkasıyla aldattın mı, sen bu kadar severken sevdiğini bırakıp gidebildin mi?

Sen yapamazsın tabi. Çünkü sen gerçekten seviyorsun onu. Sen gerçekten sevmenin ne demek olduğunu biliyor ve gerçek sevgiyi yaşıyorsun. Ama bunu yaşarken seni gerçekten sevmediğini göremiyorsun onun. Etrafında aramana gerek yok her şeyi, biraz kendine bile baksan göreceksin aslında. Sen gerçekten seven biri olarak bazı şeyleri yapamıyorsun ama karşında senin yapamadıklarını yapan biri var. Sen buna rağmen nasıl oluyor da tekrar gelse yine kabul ederim diye düşünebiliyorsun ki?

Bak senin kalbin çok temiz ve sen bu kalbinin temizliğini hak etmeyen insanlarla zaman harcıyorsun. Yanlış kişilerle umutlanıyorsun, yanlış kişilerin arkasından bakıyorsun, sorun bu. Artık hayatından giden insanların arkasından bakmayı bırak. Seni bir kez aldatan yine yapar, unutma bunu. Seni bir kez bırakıp giden yine gider. Seni düşünmeyen insanları değiştiremezsin. Seni sevmeyen insanlara zorla sev diyemezsin. Onların içinde olmalı insanlık önce. Onların içinde sevgi olmalı. Sen zorla koyamazsın içine bunları. Gitmeyi tercih eden birine gitme, başkasını sevmeyi tercih eden birine beni sev diyemezsin. Hiçbir şey olmamış gibi de seni aldatan, seni bırakıp giden insanları tekrar hayatına alamazsın.

Sevme kardeşim seni sevmeyen insanları, bakma gidenlerin ardından. Gelmesini bekleme ve geleni hemen kabul etme hayatına.

Senin de bir kalbin var unutma.

O kalbini daha ne kadar yoracaksın ki değmeyen insanlar için? Seni bırakıp giden insanlar için kafanı daha ne kadar yoracaksın acaba? İleride bir gün bunlar aklına geldiğinde kendi kendine güleceksin emin ol, ben bunları nasıl yaptım diye güleceksin. İnsan dün yaptığı şeylerden bugün pişman oluyor. Sana çok defa pişman olmuş, yaşamış biri olarak yazıyorum bunları, sen çok defa pişman olup öğrenmeden önce gör diye yazıyorum.

Seni bir kez yarı yolda bırakan biri yine bırakır.

Belki bu yazdıklarım seni üzecektir. Belki bunları okuyunca ona karşı umudun daha da azalacak ama gerçekler bunlar. Biraz da sen mutlu ol istiyorum, biraz da kalbi temiz insanlar mutlu olsun istiyorum ben. Kalbi temiz insanlar artık aldatılmasın, kandırılmasın istiyorum. Gerçekleri görmeye çalışsınlar istiyorum. Hem yarın karşına kimin çıkacağını, yarın neler yaşayacağını bilemezsin. Belki Allah sana çok daha iyisini nasip edecek. Belki sana huzur veren biri çıkacak karşına. Seni hiçbir zaman bırakıp gidemeyecek kadar çok sevecek biri çıkacak karşına. Senden başka kimseyi gözü görmeyen biri olacak. Yalanı olmayan, dolanı olmayan adam gibi seven biri çıkacak.

Neden olmasın?

Bir dakika sonra bile neler yaşayacağını sen bilemezsin. Ama yaşadıklarından ders almayı bilmek zorundasın. Hepimiz zaman zaman üzüleceğiz. Bu hayat her zaman güllük gülistanlık olmayacak. Ama acılarımızla, mutsuzluklarımızla, sıkıntılarımızla nasıl mücadele edeceğimizi bileceğiz, öğreneceğiz. Öğretecek bunları çünkü hayat. Yaşatarak tek tek öğretecek.

Sabırlı olmayı öğreneceğiz. Hayatımızdan sorumsuzca giden insanların arkasından bakmamayı öğreneceğiz. Bizi mutsuz eden insanları kafamıza takmamayı öğreneceğiz. Bizi düşünmeyen insanları düşünmemeyi öğreneceğiz. Başka yolu yok bunun, öğretecek hayat. Gönül ister ki hiçbir zaman mutsuz olmayalım. Her zaman karşımıza çıkan insanlar bizi mutlu etsin. Yalan söylemesini aldatmasın, boş yere umut vermesin ve bırakıp gitmesin. Gönül bunu istiyor ama her zaman bu olmayacak. Gün gelecek bırakıp gidenleri, aldatanları, yalan söyleyenleri, seviyorum deyip sevmeyenleri göreceksin. İşte bunları gördüğün zaman anlayacaksın bazı şeyleri. Gerçekten seven biri bunları sana yaşatmaz. Bunları sana yaşatıyorsa, işte o zaman üzülmek yerine gerçek yüzünü gördüğün için sevinmelisin. Seni gerçekten sevmediğini anladığın için sevinmelisin.

Bir insanın içinde bunları yapmak varsa, zincire de vursan, odaya da kapatsan, her zaman takipçisi de olsan bir şekilde yolunu bulur ve yapar, sana bunları mutlaka yaşatır. Ama içinde yoksa bir insanın, seni gerçekten seviyorsa bunları ona hiçbir güç yaptıramaz. Hep bunu düşün öyle hareket et. Ve artık içini rahat tut.

Seni gerçekten seven insan senden başkasına gitmez. Gitmek yalandan sevenlerin işidir. Bunları unutma sakın!

Kim demiş kadınları anlamak zor diye?

Kadınları anlamak zor diye bir şey yoktur. Kanlamak istememek, anlamaya çalışmamak diye bir şey vardır.

Sen eğer bir kadını babası gibi sahiplenir, adam gibi seversen hiçbir şey zor olmaz. Güven vermelisin önce hayatında ki kadına, o sana koşulsuz güvenmeli her şeyden önce. Şimdiye kadar hep kırılmış bir kadının sana güvenmesini kolay mı zannediyorsun? Boşuna mı hemen güvenmiyorlar sanıyorsun? Daha önce çok kişiye güvendiği için olabilir mi? Daha önce güvendiği insanların hepsi onu yanıltması olabilir mi acaba bu kadar çekingen olmasının nedeni? Sen ona sevginin ne kadar gerçek olduğunu göster ondan sonra bak bakalım nasıl olacak.

Bir kadın her şeyden önce güvenmek ister sevdiği erkeğe. Kırılmamak için, tekrar yanılmamak, tekrar mutsuz olmamak için güvenmek ister. Sevilmek ister bir kadın, en az kendi kadar samimi bir şekilde sevilmek ister. Sev kadınını sen. Söylemek yetmez sadece göster ona, yaşat, sevgini belli et. Onu hiç bırakmayacağını anlasın. Onu ne kadar çok sevdiğini anlasın. Onun saçını okşa, ruhunu okşa sen. Ona geçmişini unuttur yaşattıklarınla. Geçmişte yaşadığı tüm kötü şeyleri, geçmişte tanıdığı tüm kötü insanları unutmasını sağla her şeyden önce. Sen onu öyle bir sev ki, öyle bir güven ver, öyle bir huzur ver ki tüm geçmişte yaşadığı mutsuzlukları unutsun. Ondan sonra seyret seni nasıl mutlu edeceğini. Ondan sonra seyret bakalım karşılıklı sevgi, karşılıklı güven nasıl oluyormuş.

Sen hiçbir şey için mücadele etmeden, ortaya hiçbir şey koymadan bir şey bekleyemezsin. Kimsenin geçmişte neler yaşadığını da bilemezsin. Bu yüzden bir kadının seni anlamasını hemen bekleme. Daha önceleri çok defa kırılmış kadınlar artık korkarlar mutsuz olmaktan. Kim korkmaz ki zaten? Düşünsene şimdiye kadar senin karşına çıkıp sana umut veren insanların hepsi gitmiş. Sana söz veren kimse sözünü tutmamış. Düşünsene seni seviyorum ve hiç bırakmayacağım diyenlerin hiçbiri yanında kalmamış. Düşünsene şimdiye kadar huzur vereceğim diyenler hep mutsuz edip bırakmış. Ne yapardın sen olsan? Bunca şeyi yaşadıktan sonra karşına çıkan her insana hemen güvenir miydin, hemen sevebilir miydin?

Hayatına alacağın kadına çok fazla şey anlatmana gerek yok aslında. Anlamaktan daha önemli bir şey varsa o da yaşatmaktır. Ona anlatma, göster. Yaşat ona ki görsün ve inansın sana. O artık kimsenin lafına bakmaz çünkü. O başkalarının sözüne değil, senin ne yaşattığına bakar artık. Kırılmış kadınlar böyledir. Kırılmış insanlar, yorulmuş insanlar, yanılmış insanlar, yaralanmış insanlar böyledir. Bir erkek olarak sen bile böylesindir, bu sadece kadınlar için geçerli bir şey değil ki.

İnsan böyledir dostum. Defalarca kırılan bir insan artık kırılmaktan ve yanlış insanlarla olmaktan korkar.

Korkularını yenmesi için önce güvenmesi gerekir. Daha öncekiler gibi olmayan biriyle tanışmak ve ona inanmak ister. Artık huzur bulmak ister huzur. Sen ona huzur ver ki o da sana huzurun en güzelini versin. Sen gerçekten sev ki sevmek nasıl oluyor göstersin sana. Güven ver ki o da sana gözü kapalı güvensin. Öyle bir sarıl ki hiç bırakmayacağını anlasın, inansın buna. İnansın sana.

Kadınları anlamak zor değil dostum. Yeter ki anlamaya çalış. Yeter ki biraz da olsa kendini onların yerine koy.

Hangi kadın istemez ki gerçekten seven birinin hayatında olmasını. Hangi kadın istemez ki hayatında tek bir erkek olmasını ve sonsuza kadar onunla yaşamayı. Hangi kadın istemez ki sevdiği erkekle yaşlanmayı. Yeter ki gerçekten inansınlar hayatına giren erkeğin buna değeceğini. Bir kadının hayatına girmek ve onun tüm hayatı olmak istiyorsan önce güven vermelisin. Yürekli olmalısın, yürekli. Yarı yolda bırakıp kaçanlar gibi yüreksiz olmamalısın. Umut verip yarı yolda bırakmamalısın. Söz verip sözünü tutmayanlardan olmamalısın. Tüm kalbinle onu sevmelisin. İçinden gelerek sevmelisin ve ona bunu hissettirmelisin. Aldatılmak nasıl senin hoşuna gitmeyecek bir şeyse, kadınını da aldatmayacaksın, gözün ondan başka kimseyi görmeyecek. Elin onun elinden başkasının elini tutmayacak. Ona öyle bir güven vereceksin ki arkası dönükken de, yanında yokken de sana her konuda güvenecek.

Kadınları anlamak zor falan değil, asıl zor olan anlamaya çalışmak.

Her şeyini seninle paylaşan, aylarını hatta yıllarını sana harcayan bir kadını ortada bırakıp gitmek ne demek bunu düşün mesela. Bir kadın için en zor olan şeylerden biri budur. Daha önce ona bunu yapan, ortada bırakıp giden insanlar olduğu için tabi ki hemen güvenmesini bekleyemezsin. Kalp bu, kırıldı mı kolay tamir olmuyor. Yanıla yanıla, kırıla kırıla dermanı kalmıyor artık yeniden sevmeye. Yeniden güvenmeye gücü kalmıyor insanın. Güç vereceksin işte ona sen. Güç vereceksin ve ayağa kaldıracaksın ki görsün senin nasıl bir insan olduğunu. Erkek olarak dünyaya gelmek değil mesele, ona adam gibi adam olduğunu göstereceksin. Mükemmel olmana gerek yok,temiz bir kalbin olsun yeter. Ona huzur verecek sevgin olsun yeter. Onunla ilgilenecek, onu hiç bırakmayacak kadar yüreğin olsun yeter. Bir kadın senden dünyaları istemez merak etme. Ufacık bir huzur ister sadece. Sen ona huzuru çok görmezsen o da senin için her şeyi yapmaya hazır olur.

Yeter ki elinden geleni yap onun için. Vicdansız ve vurdum duymaz olma. Her zaman ufak tefek kırgınlıklar olabilir hayatınızda. Yeter ki telafi etmeyi bil. Saçlarını okşayıp gönlünü almasını bil. Her kadın biraz ilgi bekler. Her şeye vakit bulurken ona vakit harcamazsan kaybedersin. Kadınları anlamaya çalışmazsan kaybedersin dostum.

Kadınları anlamak zor değil, sen yeter ki anlamaya çalış.

Sadece dua et ve Allah'a bırak...

“Ne kadar çok üzerlerse o kadar çok güçlenirsin.”

Baktığın zaman çok tuhaf geliyor değil mi? Üzülmek iyi bir şey değildir tabi ki ama üzülmenin de faydaları var. Her zaman her şey yolunda gittiği zaman, hiçbir sıkıntı yaşamadığımız zaman nasıl öğreneceğiz ki hayatı? İnsanları nasıl tanıyacağız her şey yolunda gittiği zaman? Kötüyü iyiyi nasıl ayırt edeceğiz ki yaşamadan?

Mesela hayatına giren kötü insanlar olmasa, iyi insanların nasıl insanlar olduğunu anlaman mümkün olmayacaktı belki de. Hayatın boyunca seni üzen bir çok şey oldu, hayatına girip seni üzen bir sürü insan oldu ama bak çok şükür ki hâlâ ayaktasın ve şu an bu yazıyı okumaktasın. Seni ayakta tutan şey ne aslında biliyor musun? Yaşadıklarının ta kendisi. Yaşadığın şeylerden tecrübe kazandın sen, yaşadığın her şey senin daha da güçlenmeni sağladı. Sen artık mutsuz olmayı değil, ders almayı ve mutlu olmayı tercih edenlerden oldun. Hayat seni buraya getirdi çünkü. Sana bazı şeyleri yaşata yaşata seni buralara getirdi hayat. Şimdiki aklım olsa şunları yapmazdım dediğin bir çok şey vardır mesela şu an, bundan eminim. İnsan bazı şeyleri yaşayıp gördükten sonra anlıyor, her gün yeni bir şey öğretiyor çünkü hayat.

Şimdiye kadar yaşadıklarından pişman olma sakın. Şimdiye kadar seni üzen insanlardan nefret etme. Allah onları senin karşına imtihan olman için çıkardı. Onların her biri sana yaşattıkları ile bir şeyler kattı. Hiçbir şey yaşamamış bir insan her türlü sıkıntıya karşı dayanıksız olur. Yaşadığı en küçük sıkıntıda bile yıpranır. Ama sen bunları defalarca yaşamış biri olarak alışırsın artık, ne yapman gerekeceğini de çoktan öğrenmişsindir. Seni üzen insanları hayatına almamayı, hayatından çıkarmayı öğrenmişsindir. Değmeyecek insanlara değer vermemeyi, herkese hak ettiği kadar değer vermeyi öğrenmişsindir. Sen bundan sonra yaşayabileceğin bir çok şeyi yaşadın ve hazırlıklısın artık bunlara dayanmaya. Bunlarla nasıl başa çıkacağın konusunda tecrübelisin artık. İnsanları tanıdın şimdiye kadar. Her insanın aynı olmadığı gördün. Artık insanların sözlerine değil, yaşattıklarına bakmayı öğrendin.

Sen yeterince mutsuz edildin bu hayatta, yeterince öğrendin bazı şeyleri. İnsanlar sana ne yaşatırsa yaşatsın senin için sadece tecrübe olsun bu, hayatına yapışıp kalan bir mutsuzluk olmasın. Yaşadığın her şeyden alacağını al ve yoluna devam et. Gerçekten inandığın birileri karşına çıkana kadar senin hayatında kimse olmasa da olur.

Çünkü üzüldüğün kadar güçlendin sen.

Yaşadığın ve öğrendiğin şeyler seni daha güçlü bir insan yaptı. İyi ki üzmüşler seni. Bundan sonra en azından insanlara karşı nasıl olman gerektiğini öğrendin. İnsanları tanımış oldun. Hayatında bundan sonra karşına çıkacak bazı sıkıntılara karşı dayanıklı olmayı öğrendin. Üzüldün evet ama daha güçlüsün artık.

Şimdi bundan sonra aynı hataları yapmadan hayatına devam etme vaktidir.

Daha fazla üzülme vakti değil.

Bir gün sen "iyi ki" dersin, onlar "keşke".

Dert etme...

Her zaman mutsuz olan taraf sen olmayacaksın.

Seni mutsuz edip gidenler şu an mutlu olabilir. Ama keser döner sap döner gün gelir hesap döner diye bir laf vardır bilirsin. Her şeyin bir zamanı var. Sen sakın düşünme ki seni mutsuz edenler hayatları boyunca mutlu olacaklar. Onlar da yaşayacak senin yaşadıklarını. Onlar sana ne yaşattıysa aynısını belki daha fazlasını yaşayacak. En kötüsü de ne olacak onlar için biliyor musun? "Keşke" diyecekler, "keşke böyle yapmasaydım da kaybetmeseydim onu. Keşke ona bunları yaşatmasaydım. Keşke onunla olmak için bir şansım daha olsaydı" diyecekler. Ama iş işten geçmiş olacak. Sen mutlu olmaya başlayıp onlar da mutsuz olmaya başladıklarında farkına varacaklar her şeyin.

Ne sanıyorlardı ki zaten? Seni mutsuz edip mutlu olacaklarını mı sanıyorlardı? Senin ahını alıp bir başkasıyla güleceklerini mi sanıyorlardı? Senin ömür boyu mutsuz olacağını mı sanıyorlardı? Allah yapılan her şeyi görmüyor mu sanıyorlardı acaba? Allah'ın senin kalbine göre vermeyeceğini mi sanıyorlardı? Senin temiz kalpli olmanın mükafatını almayacağını, gün yüzü görmeyeceğini mi sanıyorlardı?

Öyle sanıyorlarsa yanılıyorlar. Yanıldıklarını da görecekler zaten ama iş işten geçmiş olacak. Allah sana öyle güzellikler, öyle güzel insanlar nasip edecek ki seni mutsuz edip gidenler zerre kadar aklına gelmeyecek. Öyle mutlu olacaksın ki seni mutsuz edenler uzaktan uzağa ağızları açık seyredecekler mutluluğunu. Keşke diyecekler ama iş işten çoktan geçmiş olacak. Artık onların bırak hayatına girmesini, adını bile duymak istemeyeceksin, artık mutlu olmak ne demekmiş yaşayarak göreceksin. Çünkü Allah yaşatacak sana. Seni mutsuz edip o güzel kalbini kıran insanların pişman olmasını sağlayacak. Seni mutsuz edenler hiç merak etmesin. Er ya da geç görecekler. Sen de "iyi ki" diyeceksin bundan sonra hep. "İyi ki bana bunları yaşatmışlar. İyi ki ben hep kalbimi temiz tutmuşum ve sabretmişim, iyi ki hayatımdan çıkmış onlar."

Ve "iyi ki karşıma seni çıkardı Allah" diyeceksin.

Çünkü öyle biri çıkacak ki karşına geçmişte hayatından çıkan ve seni mutsuz eden insanların adını bile unutacaksın.

Sana sevmenin, güvenmenin, değer vermenin, sahiplenmenin, ilgilenmenin, mutlu olmanın, huzur vermenin, kıymet bilmenin ne demek olduğunu gösteren birini verecek Allah. Geleceğin olacak o senin. O, senin hafızanda olan tüm mutsuzluklarını unutturacak. Onu güvenle taşıyacaksın yanında ve kalbinde. Gerçekten sevmenin değerini o zaman anlayacaksın.

Sana hep "keşke" dedirten insanlar olmuştu şimdiye kadar hayatında. Artık "iyi ki" demenin vakti geldi çattı. Zamanı geldi artık senin de mutlu olmanın. Zamanı geldi seni mutsuz edenlerin uzaktan senin mutluluğuna imrenmelerinin. Zamanı geldi seni mutsuz edenlerin de mutsuz oluşunun. Artık "iyi ki" deme vaktin geldi. İmkansız sandığın şeyleri, hayalinde olan şeyleri yaşama vaktin geldi.

Herkes bilsin ki Allah yaşadığımız her şeyi görüyor. Allah kimin kime ne yaptığını muhakkak görüyor.

Kimsenin yaptığının yanına kalmayacağını bilmemiz lazım. Bundan emin olmamız lazım. Allah'ın adaleti asla şaşmaz. Allah'a sığınıp ona havale etmemiz lazım. Allah bizim sıkıntılı anlarımıza nasıl sabrettiğimizi de görüyor. Mutsuz edildiğimiz anları da, haksızlığa uğradığımız ve hak etmediğimiz şeylerin yaşatıldığı anları da görüyor. Sıkıntılardan sonra güzel günlerin geleceğine inanarak beklememiz lazım. Çünkü gerçekten sıkıntılı günlerimizin sonunda huzur geliyor. Allah sabırlı olduğumuz için bize hediyemizi veriyor mutlaka. İyi ki demeye başlamadıysan içini rahat tut yakında başlayacaksın. Seni mutsuz edenler de hiç merak etmesin ki onlar da keşke demeye başlayacak.

Kalbi temiz olanın hikâyesi mutlu sondur hep.

Belki bir süre acı çekersin ama sonu mutluluk olur. Allah kimsenin iyi niyetini zayi etmez. Er ya da geç mükafatı vardır her yapılan güzel şeyin. Ve mutlaka cezası da vardır her yapılan kötü şeyin. Buna inanarak geçir her gününü, buna inanarak bekle hep. İçini ferah, kalbini temiz tutmayı öğren. Çünkü o kalbinin temizliği sana hayal bile edemeyeceğin güzel kapılar açacak. Çünkü o kalbinin temizliği ile kazanacaksın sen. O kalbinin güzelliği tüm yollarını açarak seni huzura götürecek, inan bana.

Allah kalbi temiz olanların yanındadır. Allah haksızlığa uğrayanların yanındadır. Ve

unutma ki Allah herkese hak ettiğini mutlaka verecektir. Kiminin hediyesini, kiminin cezasını mutlaka verecektir. İçin rahat olsun senin. Sen artık "iyi ki" diyeceğin günü sabırla bekle. Er ya da geç o gün gelecek hiç merak etme.

Benim içim her zaman rahat, çok şükür!

Şimdiye kadar yanılan taraf ben oldum hep. Kime güvendiysem güvenim boşa çıktı, kime inandıysam içi boş çıktı. Kimseye kötü şeyler yaşatmadım ki, kötü şeyler yaşamaktan korkayım. Bana yaşatanlar korksun. Kendine güvenmeyenler korksun. Ben her zaman kendime güveniyorum, şimdiye kadar neler yaptığım ortada benim.

Ben ne yaptıysam kendime yaptım hep, çoğu zaman beni mutsuz eden her şeye ben izin verdim. Hayatıma saçma sapan insanların girmesine ben izin verdim, onların beni üzmesine ben izin verdim. Kimse benim hayatıma zorla girmedi. Giremez de zaten. Hepsini ben aldım hayatıma. Ama hayatıma aldığım her insanı iyi zannederek aldım ben.

Kim ister ki kendisini mutsuz edecek birini hayatına almayı? Kim zaman kaybı yaşamak, hayal kırıklığına uğramak ister?

Bilmiyordum ki...

Tanımıyordum insanları yeterince. Bu kadar inandırıcı olacaklarını, bu kadar güzel gizlendiklerini bilemiyordum.

Dışı imrendiren, içi iğrendiren insanları görmemiştim hiç.

Kalbimiz temiz ya, aldım hayatıma. Bu sefer ki beni yanıltmaz inşallah diyerek yeni sayfalar açtım hep. Her zaman yanılttılar tabi. Dedim ya, bilmiyordum insanların gerçek yüzlerini, insanların ne kadar güzel rol yaptıklarını. Ne kadar iyi bir insan dedirttiler ilk başta hep. İster arkadaş olsun, ister sevgili ne dersen de artık hayatıma girenlerin adına, hepsinden bir darbe yedim sonuçta. Umudum vardı tabi, güzel insanlar tanıma umudum vardı. Hep bunun peşinden gittim şimdiye kadar, hep iyi insanlar olsun hayatımda istedim. Çok şey istemedim aslında. Fazlasını değil, benim kadar sevenler olsun yanımda istedim. Benim kadar değer veren biri olsun. En azından benim verdiğim kadar güven versin bana istedim, sırtımdan vurmasın kimse beni. Ağlatmasın, acıtmasınlar artık istedim. Yanıltmasın kimse, aldatmasın kimse istedim. Yeni bir başlangıç istedim ben, yeni insanlar tanımak istedim. Geçmişimde kalanlar gibi olmayan, üzmeyen insanlar istedim. Artık mutsuz edenler değil, mutlu eden birileri olsun istedim hayatımda.

Ama olmadı.

Yine de nasip değilmiş demeyi bildim kendime, hayırlısı dedim geçtim.

İçim hep rahat oldu biliyor musun. İnsan üzen taraf olmayınca, içi rahat oluyor. Kimsenin ahını almamış oluyorsun, kimseye yanlış yapmamış, kimseyi kandırmamış oluyorsun. Çünkü mutsuz edilen, kandırılan, üzülen taraf sen oluyorsun.

İçim neden rahat biliyor musun?

Yaşattığım hiçbir şeyin cezasını çekmekten korkmuyorum ben. Çünkü kimseye ne boş yere umut verdim, ne de yalan söz söyledim. Ne kimsenin mutsuz olması için uğraştım, ne de mutsuz ettim. İçim rahat çünkü ben yaptıklarının acısını çekmek için bekleyenlerden değilim. Ben beni şimdiye kadar hep mutsuz ettikleri için artık mutlu olmayı bekleyenlerdenim. Artık sabrımın ve şimdiye kadar herkese iyi niyetle yaklaşmamın mükafatını almayı bekleyenlerdenim.

Bunun için içim rahat benim.

Birini kırmış olsam, aldatmış olsam korkardım. Ne zaman yaşattıklarımı yaşayacağım acaba diye korkardım. Ama hep iyi şeyler olsun diye uğraşırken kırılan ben oldum. Kırılan insan korkar mı hiç? Korkmuyorum artık. Daha fazla ne yaşayabilirim ki? Daha ne kadar kırılabilirim ki?

Ben artık kırılan kalbimin onarılacağı günü bekliyorum. Artık yorulan kalbimin dinleneceği günü bekliyorum. Herkes yaşattıklarını yaşayacaksa, ben hak ettiğimi yaşamayı bekliyorum. İçim rahat benim. Ne zaman bir sıkıntıya düşsem Allah büyük deyip yoluma devam ettim çünkü. Ne zaman bir sıkıntım olsa Rabbim beni sınıyor dedim. Hiçbir zaman isyan etmedim ben yaşadıklarıma. Her şeyin Allahtan geldiğini biliyordum çünkü. Her zaman böyle devam etmeyeceğini biliyordum. Allah'ın yaşadıklarımı gördüğünü biliyordum. İçimi rahat tuttum ben hep.

Fazla bir şey istemedim hiçbir zaman. Biraz huzur istedim. Özü sözü bir olan, yalanı dolanı olmayan insanlar istedim. Yanımda olduğu için mutlu olacağım, memnun olacağım insanlar istedim. Beni hayal kırıklığına uğratmayacak insanlar istedim. Artık bu son olsun dedim hep. Sen, son ol artık istedim, güvendiğim son insan ol. Artık yoruldum. İnsanlara inanmaktan ve yanılmaktan yoruldum.

Yine de içim her zaman rahat çok şükür. Ben ne kötü bir şey istedim ne de yaptım. Hep kırılan oldum ben ama başımı öne eğecek bir şey yapmadım hiç. Benim başım her zaman dik çok şükür. Kiminle bir yola çıksam o yolda mutsuz oldum hep ama bir gün bu tanıdığım kötü insanlardan sonra çok daha iyi insanlarla karşılaşacağıma inanıyorum. Bu yüzden içim rahat benim. Kim kimi ne kadar mutsuz ediyorsa onlar düşünsün. Yaptıklarının bedelini ne zaman ve nasıl ödeyeceklerini onlar düşünsün. Benim Allah'a bir can borcum var, başka da kimseye bir borcum yok. Ben kırılan tarafım, kıran değil. Kıran taraf olmayı hiçbir zaman istemedim de zaten. Birlikte mutlu olmak istediğim zamanlarda tek başına mutsuz olan biri oldum. Bu sefer doğru insanı buldum galiba diye düşündüğüm insanlar sağolsun. Onlar her fırsatta beni yanılttılar.

Allah'a havale ediyorum her zaman.

Şimdiye kadar beni mutsuz eden, beni hayal kırıklığına uğratan tüm insanları Allah'a havale ediyorum. Sen de öyle yap. Eminim senin de tek istediğin şey artık gerçekten sevebileceğin ve gerçekten inanabileceğin insanların hayatına girmesi. Artık birine güvenip yanılmak istemiyorsun sen de. Çünkü sen de benim gibi yoruldun.

Ama senin de için rahat olsun.

Kıran taraf sen değilsen, yanlış taraf sen değilsen için rahat olsun. Sen de şuna inan ki bir gün gerçekten hak ettiğimiz insanlar çıkacak karşımıza. Bugünler yarınların kıymetini bilmemiz için. Bu insanlar iyilerin kıymetini bilmemiz için karşımıza çıkıyor bence.

Artık sadece dua ediyorum ben. İyi insanları tanımak için iyi şeyler yaşamak için dua ediyorum. Allah dualarımı duyuyor inanıyorum buna.

Sen de inan ve dua et.

Neyi hak ediyorsak mutlaka karşımıza çıkacak. Allah yolumuza hayırlı olanı mutlaka çıkaracak. Korkan taraf biz değil, bize şimdiye kadar bunları yaşatanlar olsun.

Bundan sonra bize yakışan yolumuza devam etmektir. Doğru olanı bulana kadar, hayırlı olanı bulana kadar devam etmektir.

Gün gelir kocaman bir okyanus sandığın insanların küçücük bir damla olduğunu anlarsın...

Her şeyi unut ama bunları asla!

Bir yanlışın olduğunda, sıkıntıların olduğunda, kendini zor durumda hissettiğinde seni insanlar bırakabilir. Ama unutma ki Allah seni hiçbir zaman bırakmaz. O her zaman yanında olandır.

İnsanlar nankördür. İyi gününde yanında olanları kötü gününde yanında bulamazsın. Gitmeyeceğim diyenler gider, üzmeyeceğim diyenler üzer. Söz verenler sözünü tutmazlar. Seviyorum diyenlerin aslında sevmediğini görürsün. Mutlu edeceğim diyenlerin mutsuz ettiğini görürsün.

İnsandan ne kadar değer görüyorsan o kadar değer vereceksin. Bir insan ne kadar geliyorsa sana doğru, sen de ona o kadar gideceksin. Seveceksin ama sevildiğini de göreceksin. Görmüyorsan boşuna sevmeyeceksin. Güveniyorsan izin vereceksin hayatına girmesine. Sana ne kadar huzur veriyorsa sen de ona o kadar huzur vereceksin.

Her şeyi yaşayacaksın bu hayatta. Ama yaşarken her şeyden ders alacaksın, unutma.

Yaşadıkların için pişman olmayacaksın. Hepsini yaşamanda bir sebep vardır, bunu unutmayacaksın. Seni hatırlamayan insanları unutacaksın, sana değer vermeyen insanların peşine düşmeyeceksin. Hayatında her şeyin her zaman yolunda gitmeyeceğini bileceksin. İyi günlerinin de kötü günlerinin de olabileceğini unutma.

Karşına iyi insanların da kötü insanların da çıkabileceğini biliyorsun. Her şeye hazırlıklı olacaksın bu hayatta. Her zaman güçlü olman gerektiğini hatırla. Sabırlı bir insan olman gerektiğini, her şeyin nasip olduğunu, nasipten öteye geçilmediğini unutmadan yaşa.

Hayallerinin peşinden koşmayı hiçbir zaman bırakma ama nasip olmadığını anladığında da zorlamayacaksın bazı şeyleri. Kimsenin senden değerli olmadığı ve hiçbir şeyin senin mutlu olmandan daha değerli olmadığını da unutma, seni mutsuz eden insanlardan vazgeçmen gerektiğini, sana huzur veren insanları tercih etmen gerektiğini de.

Ne olursa olsun yanında olan insan sana huzur verebilen biri olmalı. En güzel günlerinde değil, en zor zamanlarında yanında olan insanların kimler olduğuna bakmayı unutma. Çünkü biliyorsun ki en zor zamanlarında yanında olan insanlar senin için en kıymetli olanlardır. İyi gününde herkesin yanında olabileceğini, asıl önemli olan insanların kötü günlerinde yanında olmaları gerektiğini unutma.

Her şeyin sabırdan sonra geldiğini, her şeyin Allah'ın elinde olduğunu unutma.

İnsanlardan değil, Allah'tan istemen gerektiğini, insanlara değil, Allah'a kul olman gerektiğini unutma.

Seni mutsuz eden insanları her zaman unut ama sana yaşattıklarını unutma. Çünkü sana yaşattıkları her şeyden ders alman gerekiyor. Gelecekte karşına çıkan her şeye hazırlıklı olman için yaşadıklarından ders alıp daha akıllıca hareket etmen gerekiyor.

Hiçbir zaman insanlara değer vermekten vazgeçme, verdiğin değeri hak etmeyenlerden vazgeç. Mutlaka bir gün verdiğin değeri sonuna kadar hak eden birini bulacaksın. Her insan aynı değildir. Bugün kötü birini tanıdın diye, bugün birinin kötü biri olduğunu anladın diye her zaman böyle olacak diye bir şey yok. Bir gün karşına öyle iyi bir insan çıkar ki inanamazsın. Bu yüzden geçmişte seni mutsuz eden insanlarla karşına çıkan her insanı aynı zannetme. Önce iyice tanı, ondan sonra karar ver bazı şeylere.

Bazı insanların sözlerine değil, yaşattıklarına bakmayı asla unutma. Çünkü herkes konuşur, herkes bir şeylerin sözünü verir ama yapan insanlar çok azdır.

Şunu sakın unutma; kimsenin hakkı kalmaz kimsede. Kim seni mutsuz edip başkasıyla mutlu olmaya gittiyse pişman olacak. Ve seni mutsuz edip başkasına gidenler, bir gün senin her bir zerrene muhtaç olacak. Ama o gün iş işten geçmiş olacak. Çünkü sen artık kendi yoluna gitmiş olacaksın. Çünkü artık seni mutlu eden biri olacak hayatında. Ve şunu da unutma sakın; senin hayallerini yıkıp başkasına gidecek kadar karaktersiz olan insanlar için üzülmeye değmez. Sana söz verip sözünü tutmayan, seviyorum deyip hiç sevmemiş gibi giden karaktersizler için üzülmeye değmez. Unutma ki mutsuz edenlerden hızlıca uzaklaşmak, mutlu olmak için ilk adımı atmak demektir. Mutsuz edip gidenler bir gün sana muhtaç olacak unutma bunu.

Kötü insanlar iyiymiş gibi görünürler sana her zaman. Kimsenin alnında yazmıyor nasıl bir insan olduğu. Yaşayarak zamanla tanıyarak gerçek yüzlerini görerek anlayacaksın bunu unutma. Hiçbir zaman tamamen tanımadan emin olma kimse için.

Unutma ki iyi niyetinle mağlup olduysan kaybetmedin sen. Tam aksine kaybedildin. İnsanlar iyi niyetini kullanıp seni üzdüklerinde sen kaybetmiş olmazsın, onlar seni kaybeder. İyi niyetini, temiz kalbini kaybederler.

Gerçekten seven insanlar gitmez unutma. Gerçekten seven insan yanında olur, iyi günde de kötü günde de yanında olur. Hataların olsa da yanında olur. Kolay kolay gidemez gerçekten seven insan, unutma bunu. Gidiyorsa sevmemiştir. Seviyor zannettiğin insandır giden insan. Ve seni bırakıp gidecek kadar düşüncesiz insanlara üzülecek kadar aciz olma sakın. Unutma ki bırakıp giden insan kendi yolunu kendi seçer. Bu senin değil onun suçudur.

İnsanlar senin kalbinden geçenleri, gönlünde olanları anlatmadığın sürece bilmezler. Ama Allah senin kalbinde olanı da gönlünde olanı da çok iyi bilir. İnsanlar bilmese de anlamasa da olur. Allah seni bildikten sonra insanlar bilmese de önemli değildir. Hiçbir zaman bunu kafana takmaman gerektiğini unutma. Kalbini temiz tut. İçini ferah tut her zaman sen. İnsanlar neler yaşadığını bilmeden yorum yapabilirler. İnsanlar senin üstüne gelebilirler. Kimse senin ne yaşadığını ne hissettiğini senden ve Allah'tan daha iyi bilemez. İçini ferah tutman gerektiğini unutma hiçbir zaman. Bu gibi durumlarda Allah'a sığınıp huzur bulman gerektiğini unutma.

O güzel kalbini saçma sapan insanlar yüzünden yormaman gerektiğini unutma sakın. Umudunu hiçbir zaman yitirmemen gerektiğini, o umudun sana çok güzel kapılar açacağını unutma. İçindeki o güzel umudunun seni huzura götüreceğini, sana yol göstereceğini asla unutma. İçinde umudun, kalbinde Allah, dilinde dua olduğu sürece senin yollarına ne kadar çok engel çıkarsa çıksın, ne kadar zor olursa olsun bazı şeyler, bu yolun sonunun mutluluk olduğunu unutma sakın. Kalbinde bir insanı taşıdığın zaman o insan gün gelir senin kıymetini bilmez. Gün gelir seni bırakıp gider hiç düşünmeden. Ama kalbinde Allah olduğu sürece Allah seni hiçbir zaman terk etmez. Her zaman yanında olur inan buna. Allah yanında olduğu sürece her şeyin hayırlısı da olur hayatında. Allah sana kalbine koyabileceğin güzel insanları da nasip eder o zaman.

Unutma ki kalpler ancak ve ancak Allah'ın elindedir. Seni anlamayan insanlara uzun uzun anlatmaman gerektiğini, boşuna yorulmaman gerektiğini unutma sakın. Çünkü seni anlamak istemeyen insanlara hep fazla gelir sözlerin, anlamak isteyen kişiler gözlerinden bile anlar seni. Anlamak istemeyene sayfalar dolusu yazsan ne fayda? Kendini parçalasan da anlamaz anlamak istemeyenler.

Fazla değer vermek değil, hak ettiği kadar değer vermek lazım herkese unutma sakın. Fazla değer vefasızlık getirir unutma.

Bugün sıkıntı varsa yarın huzur var unutma. Her zaman mutsuz olacaksın diye bir şey yok hayatta. Sıkıntılı günlerin sonunda huzur vardır her zaman.

Unutma! Başına gelen kötü şeyler oturup üzülmen için değil, güçlenip ayağa kalkman için.

Rabbim vazgeçenlerin değil, sabredenlerin yanındadır unutma bunu. Hiçbir zaman vazgeçme. Elinden gelen çabayı göster, mücadele et ve Allah'a bırak gerisini. Allah senin mücadeleni görürse sana nasip eder istediğin o şeyi, unutma.

Senin üzülür diye kıramadığın bazı insanlar, seni paramparça ederler hiç düşünmeden unutma. Sen kimse kırılmasın, kimse üzülmesin diye uğraşırken en çok kırılan sen olursun. Tamam sevdiğin insanları da düşün ama biraz da kendini düşünmeyi unutma sakın.

Gün gelecek seni hiç beklemediğin insanlar üzecek. Gün gelecek o bunu yapmaz dediklerin yapacak bazı şeyleri. Toz konduramadığın insanlar üzecek seni. Gün gelecek en yakının da olan insanlar vuracak seni sırtından, unutma. Ama ne olursa olsun sen iyi niyetini kaybetmeyeceksin. Sen bunlar sayesinde daha da güçlenmeyi tercih edeceksin, üzülmeyi değil, unutma.

Seni düşürmeyecek hiçbir acı. Seni düşürmeye çalışsalar da her seferinde güçlü bir şekilde kalkmayı bileceksin, unutma.

Hatalar yapsan da devam edeceksin yoluna. Hatalarından ders alacaksın, unutma.

Senin mutsuz olmanı umursamayan insanları düşünecek kadar güçsüz olmaman gerektiğini unutma sakın.

Her gelen sevmeyecek, unutma. Bazıları sevdiğini zannedecek, bazıları ise seviyormuş gibi yapacak.

Bir insanın yanında kendin olamıyorsan, oraya ait değilsin, unutma bunu sakın.

Bir defa yalan söyleyen, bir defa aldatan insanlar her zaman yapar, unutma.

Dün neler yaşadın bilmiyorum ama bugün yeni bir gün, unutma. Yeni bir gün yeni umut yeni bir şans demektir.

Verdiğin onca değer ve ilgiye rağmen yeterince karşılığını alamıyorsan yanlış kişiler için uğraşıyorsun demektir, unutma sakın.

Hiçbir zaman kaybettim diye düşünme. Allah böyle olmasını istiyormuş böyle oldu de kendine. Allah daha iyisini nasip edecektir belki de. Belki de Allah seni daha çok mutsuz olmaktan korudu. Her zaman yaşananlara iyi tarafından bakmayı unutma sakın.

Bahanelerin arkasına sığınan insanlardan uzak durmayı unutma. Onlar sadece gitmeyi iyi bilirler.

Nasibinde olan şeylerin ne bir saniye önce, ne de bir saniye sonra, tam vakti geldiğinde gelip seni bulacağını unutma sakın.

Seni kaybetmekten korkacak insanları hayatına almayı da unutma. Onlar seni kolay kolay bırakmazlar. Bazı insanları hayatından çıkarman onlardan nefret ettiğin anlamına gelmez, sadece kendine saygı demektir bu, daha fazla mutsuz olmamak için bunu yapman gerekir bazen.

Birlikte savaşacak dostların varsa her şey daha kolaydır, unutma. Eğer yanında gerçek dostların varsa onları sakın kaybetme. Onlar sana Allah'ın en kıymetli emanetleridir.

Bazı insanların dışı imrendirir içi iğrendirir unutma bunu. İlk görüşte karar verme kimse için. Önce tanımaya çalış zamanla daha iyi anlarsın nasıl biri olduğunu. Dış görünüş bazen yanıltır insanı, unutma sakın.

Seni ağlatanların peşini bırakıp, seni güldürmek için elinden gelen her şeyi yapan insanlara şans verirsen daha mutlu olursun, unutma.

Bazı şeyler unutulur zamanla. Bazı şeyler ise unutulmaz. Unutulmayan bazı şeyler yaşanan ve iz bırakan şeylerdir. Bunlar sana hep bir iz hep bir tecrübe bırakmıştır. Bunları hayatın boyunca unutma ki aynı şeyleri tekrar yaşatmaya kalkan insanlar olduğu zaman ne yapacağını daha iyi bilesin.

Her şeyi unutsan da bunları asla unutma. Bunlar senin kafana kazıdığın tecrübelerin olsun. İnsanları tanımak için kullandığın anahtarın olsun bunlar. Çünkü bunları er ya da geç kullanmak zorunda kalacaksın. İnsanlar sana bunu yaşatmaya devam edecek. Gerçek huzuru yani gerçekten sana ait olanı bulana kadar sana bunları yaşatmaya devam edecekler. Nasibin gelip seni bulana kadar bunlarla yaşamaya devam edeceksin. Sabret. Sabrın sonu mutlaka selamettir. Huzura kavuşacaksın er ya da geç. Bu gerçekleri unutmadan hayatına devam et.

Her şeyi unutsan da, Allah'ı, O'na sığınmayı unutma...

Allah

iyi bir şey
yapmaya
çalışanların
yardımcısıdır.

"Allah" de, yeter...

Ben kimseden korkmuyorum biliyor musun. Yaşarken arkamdan iş çeviren kimseden korkmuyorum. Yaşayacağım kötü şeylerden korkmuyorum. Çünkü biliyorum ki bana bu hayatı veren Rabbim her şeyi düşünmüştür. Kar taneciklerini bile birbirine değdirmeden yağdıran Rabbim, bu kadar ince detayları düşünen Rabbim, senin, benim, herkesin hayatını düşünmüştür mutlaka. Eğer bir şeyi yaşıyorsak mutlaka bir sebebi vardır. Allah hiçbir şeyi sebepsiz yere yaşatmaz kimseye, bundan emin ol. Bazen imtihan için yaşarız bazı şeyleri. Öğrenmek için, güçlenmek için, daha iyisinin kıymetini bilmek için yaşarız. Bu yüzden korkmuyorum ben yaşadıklarımdan ve yaşayacaklarımdan.

Allah'a inanan insan Allah'ın yaşatacağı hiçbir şeyden korkmaz ki.

Allah'a güvenen biri neden korksun. Hep dua ederim ben. Hayırlısıyla kötü günlerin bitmesi ve iyi günlerin gelmesi için. Her halime şükrederim. Sahip olduğum her şey için şükrederim. Başıma gelen her şey için şükrederim. Çünkü biliyorum ki ne yaşarsam yaşayayım her zaman daha kötüsü vardır. Ben derdimi büyük sanıyorum belki ama başkalarının dertlerini görsem kendi derdimi nimet sayarım belki de. Allah istese çok daha büyük imtihanlara sokar bizi. Ama herkese taşıyabileceği kadar yük veriyor Rabbim. Bazen bulunduğumuz durum için isyan ediyoruz. Allah'ın verdiği şeye karşı çıkmak Allah'a saygısızlık etmektir.

Ben sıkıntılı anlarımdan sabırla kurtulmayı öğrendim. Ne zaman bulunduğum duruma şükretsem, ne zaman sabırla ve dua ile Allah'a sığınsam bulunduğum durumdan kurtuluyorum.

Allah de kardeşim, O yeter sana.

Her zaman kötü insanlardan Allah'a sığınırım. Benim için hayırlı olmayan insanları bana nasip etme diye dua ederim. Sen Allah'a sığınırsın da Allah sana kucak açmaz mı sanıyorsun? huzurumu buna borçluyum. Kimsenin beni mutsuz etmesine izin vermiyorum artık, boş vermeyi öğrendim. Allah deyip yoluma devam etmeyi öğrendim. İnsanlar benimle istedikleri kadar uğraşsın umrumda bile olmuyor artık. Çünkü Allah benim kalbimi bildikten sonra, benim niyetimi ve nasıl bir insan olduğumu bildikten sonra kimin ne düşündüğünün hiçbir önemi yok.

Aslında şimdiye kadar boşuna üzmüşüz biz kendimizi. Çünkü dikkat et ne zaman bir şeyi kafaya taksan, ne zaman başkalarıyla meşgul etsen beynini ve kalbini, sonunda mutsuz olursun. O şey seni yer bitirir, ne huzur kalır ne mutluluk. Böyle durumlarda rahat olmak lazım. İnsan kendini bildiği sürece kimsenin sözünden lafından etkilenmemeli. İnsan kendini bildikten sonra başkalarını çok da umursamamalı. Sen doğru olduktan sonra kimin ne dediği hiç önemli değil. Hayatımız boyunca insanların dedikleriyle yaşayamayız.

Allah deyip yoluma devam etmeyi öğrendiğim günden beri çok huzurluyum ben.

Rabbim beni biliyor ve bana huzur veriyor. Allah'ın bana yapılan tüm kötülüklerin hesabını soracağını bildiğimden dolayı gönlüm rahat. Yapılan tüm kötülüklerin hesabının sorulacağının ferahlığı içerisindeyim. Sen de bunun ferahlığını yaşa. Allah herkese yaptığının hesabını sorar. Seni mutsuz eden, sana kötülük insanları kafana takmak yerine Allah'a havale et. Üzülmek yerine yoluna devam et. Kafanı öyle insanların yaptıklarıyla doldurma, kendi huzurunu kendin yok etme.Bulunduğun durum ne kadar zor olursa olsun Allah seni o durumun içerisinden alır ve huzur bulacağın öyle bir şey yaşatır ki ne zaman nasıl o durumdan bu duruma geldiğini anlayamazsın bile.

Yeter ki sabret ve isyan etme. Dua et ve Allah'a inan her zaman.

Sonrasında gelecek güzelliklerin, iyi günlerin kıymetini bilmek için yaşıyoruz kötü günleri. Her zaman yaz olsa yaz'ın değeri asla bilinmez. Kış'ı da yaşamak lazım ki yaz'ın değeri bilinsin. İşte bazen sıkıntılar da yaşayacağız ki huzurlu günlerin değerini bilelim. Yoktan var eden Allah sen dua edersin de sana neler vermez bir düşünsene. Yeri göğü yaratan Rabbim sen inanırsın da sana neler vermez, seni hangi durumun içinden kurtaramaz?

Ol demesiyle oluverir her şey.

Yeter ki inanmaktan asla vazgeçme sen. Yeter ki Allah de, sabır de, dua de her zaman. Allah diyen yarı yolda kalmaz, unutma bunu. Allah kendisinden isteyen kulunu geri çevirmez, Allah darda olan kuluna sırt çevirmez.

Yaşadığım iyi veya kötü günlerin hepsine şükretmeyi öğrendim ben. Bol bol dua ediyorum sıkıntılı anlarımda. Ve Allah'ın beni duyduğundan emin bir şekilde sabırla bekliyorum. Ve gördüm ki huzuru buldum. Gördüm ki sabırla, duayla huzur geliyormuş insana.

Gördüm ki Allah'tan başkasında çarem yok benim.

Bana huzuru verecek olan beni en kötü durumlardan bile çıkaracak olan sadece Allah'tır. İşte bu yüzden insanların yaptıklarına veya yaşattıklarına kafanı takma sakın. Hayatında olan kötü şeylere isyan etmek yerine dua et. Her zaman her şey için şükret ve sabırlı ol. Göreceksin huzurun nasıl geldiğini o zaman, inan bana.

Sen "Allah" de sadece ve O'na teslim ol!